옮긴이
김민아

서울대학교 노어노문학과를 졸업하고 동 대학원에서 러시아문학 전
공으로 석사학위를, 러시아 국립 인문대에서 박사 학위를 받았다. 「인
간 존재에 대한 물음으로서의 『죄와 벌』」, 「공통의 장소로서의 기념
비」(논문), 『공통의 장소 : 러시아, 일상의 신화들』(역서), 『다시 돌아보
는 러시아 혁명 100년』(공저) 등을 펴냈다. 현재 경북대 소속 연구원으
로 재직 중이며, 서울대와 경북대에서 러시아어 및 러시아문학(문화)
을 강의하고 있다.

Hoc

코

초판 1쇄 발행 | 2021년 8월 10일

지은이 니콜라이 고골
옮긴이 김민아
발행인 한명선

편집 김종숙 **마케팅** 배성진 **관리** 박미실
디자인 모리스

주소 서울시 종로구 평창길 329(우편번호 03003)
문의전화 02-394-1037(편집) 02-394-1047(마케팅)
팩스 02-394-1029
전자우편 saeum98@hanmail.net
블로그 blog.naver.com/saeumpub
페이스북 facebook.com/saeumbooks
인스타그램 instagram.com/saeumbooks

발행처 (주)새움출판사
출판등록 1998년 8월 28일(제10-1633호)

© 김민아, 2021
ISBN 979-11-90473-63-7 03890

니콜라이 고골 단편선

고

니콜라이 고골

김민아 옮김

새흙

차
례

일러두기

1. 이 책은 Н. В. Гоголь, 『Полное собрание сочинений в 14 томах』(М.; Л.: Издательство Академии наук СССР, 1937-1952)을 저본으로 삼아 번역했다.
2. 등장인물들의 이름 및 지명의 표기는 국립국어원의 외래어 표기법을 따랐다.
3. 본문 하단의 주는 모두의 역자의 주이다.

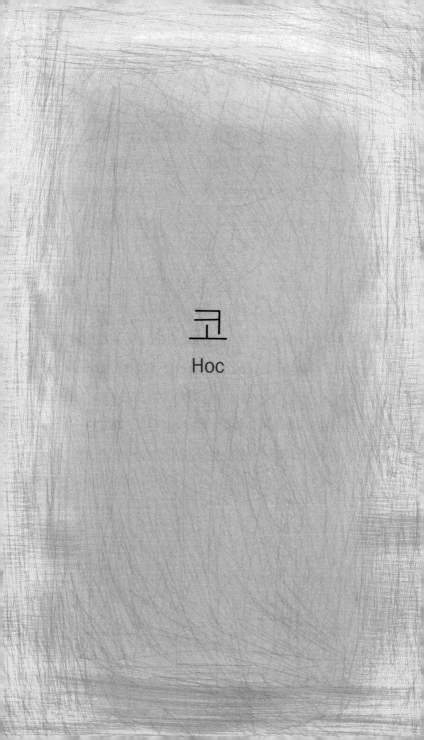

코

Hoc

I

3월 25일 페테르부르크에서는 매우 기묘한 사건이 일어 났다. 보즈네센스키 대로에 사는 이발사 이반 야코블레비치(그의 성은 알려져 있지 않고, 간판에는 볼과 턱에 비누칠을 한 신사 그림과 '피도 뺍니다'라는 글귀 말고는 더 이상 아무것도 없었다)는 꽤 일찍 잠에서 깨어 뜨거운 빵 냄새를 맡았다. 침대에서 몸을 약간 일으키고 나서 그는 커피 마시는 것을 상당히 좋아하는, 존경받을 만한 귀부인인 아내가 페치카에서 이제 막 구운 빵을 꺼내는 것을 보았다.

"프라스코비야 오시포브나, 난 오늘은 커피 안 마실 거야." 이반 야코블레비치는 말했다. "대신 양파와 함께 뜨거운 빵을 먹고 싶어." (사실 이반 야코블레비치는 커피도 빵도 먹고 싶었지만 두 개를 한 번에 요구하는 것이 완전히 불가능하다는 것을 알고 있었는데, 프라스코비야 오시포브나가 이러한 요구를 매우 좋아하지 않았기 때문이었다.)

'바보는 빵이나 먹으라지. 내겐 더 좋아.'

아내는 속으로 생각했다. '커피 한 잔이 남으니까 말이야.' 그러고는 빵 하나를 식탁에 내던졌다.

이반 야코블레비치는 예의를 차리기 위해 루바시카* 위에 연미복을 입고 탁자 앞에 자리 잡은 후 소금을 뿌리고 양파 두 개를 먹기 좋게 손질한 후 진지한 표정으로 빵을 자르기 시작했다. 그는 빵을 가르고 나서 그 가운데를 흘 낏 쳐다보았다가 무언가 하얀 것을 보고는 깜짝 놀랐다. 이반 야코블레비치는 칼로 조심스레 후벼서 손가락으로 만져보았다.

"단단하네!" 그는 중얼거렸다. "이게 도대체 뭐지?"

그는 손가락을 밀어넣어 끄집어내었다. 코였다! 이반 야코블레비치는 맥이 풀려버렸다. 눈을 비비고 다시 만져보았다. 코, 확실히 코였다! 게다가 누군가 아는 이의 코 같았다. 공포가 이반 야코블레비치의 얼굴에 어렸다. 그러나 이 공포는 그의 아내를 사로잡은 분노에 비하면 아무것도 아니었다.

"이 짐승아, 대관절 어디서 코를 베어 온 거야?" 그녀가 화가 나서 소리 질렀다. "사기꾼! 술주정뱅이! 내가 직접 너

* 긴 기장의 남성용 셔츠.

를 경찰에 고발할 거야. 이런 강도 같으니라고! 내가 벌써 세 사람한테 들었어. 면도할 때 코를 하도 잡아당겨서 간신히 붙어 있을 정도라고 말이야."

그러나 이반 야코블레비치는 산 것도 죽은 것도 아닌 상태였다. 그는 이 코가 다른 누구의 코도 아닌, 수요일과 일요일마다 자신이 면도를 해주는 8등관* 코발료프의 코임을 알아차렸다.

"잠깐만, 프라스코비야 오시포브나! 내가 그걸 헝겊에 싸서 구석에 놓아둘게. 거기 잠시 놓았다가 내가 갖고 나갈게."

"듣고 싶지 않아! 내 방에 잘린 코를 놓아두게 허락할 거 같아? 이 구운 건빵 같은 것아! 가죽 띠에 면도칼을 문지르는 것만 알지 자기 의무는 전혀 안 하고, 게으름뱅이, 몹쓸 종자! 내가 경찰서에서 네 책임을 지라는 거야? 이 식충이, 건달아! 갖다 버려! 치워 버리라고! 네가 원하는 곳으로 가져가! 내가 모르는 곳으로 썩 치워 버리란 말이야!"

이반 야코블레비치는 완전히 절망한 채 서 있었다. 그는

---

* 1등관부터 14등관까지 14개의 관등으로 구성되는 러시아의 관등제는 독일 체계를 모델로 하여 1722년 표트르 대제에 의해 도입되었다. 문관은 그 계급에 해당하는 무관의 직함을 사용할 수 있었다. 페테르부르크 이야기들의 시대적 배경인 1830년대 관등제에 의거하자면, '8등관'(8등 문관) 코발료프는 군인이 아니지만 스스로를 8등관의 직급에 해당하는 무관 직급인 '소령'이라고 일컫는다. 예컨대 5등 문관은 준장, 6등 문관은 대령, 7등 문관은 중령에 해당하였다.

생각하고 또 생각했지만 생각나는 것이 없었다.

"제길, 이게 어찌 된 일인지 도통 모르겠네." 그는 손으로 귀 뒤를 긁으면서 마침내 말을 내뱉었다. "내가 어제 술에 취해 집에 왔는지 아닌지도 확실히 말할 수가 없어. 그런데 모든 상황으로 미루어 보아 일어날 수 없는 일임엔 분명해. 왜냐하면 빵은 구워졌는데 코는 전혀 그렇지가 않거든. 아무것도 이해가 안 돼!"

이반 야코블레비치는 침묵했다. 경찰들이 그에게서 코를 찾아내 그를 기소하리라는 생각에 완전히 실신할 지경이었다. 이미 그의 눈앞에 은사로 예쁘게 수놓아진 새빨간 옷깃과 장검이 어른거리자 온몸이 떨려왔다. 결국 그는 속옷과 장화를 집어 들어 온통 너절한 그것들을 착용하고 프라스코비야 오시포브나의 묵직한 훈계를 들으며 코를 헝겊에 싸서 거리로 나왔다.

그는 코를 어디로든 쑤셔 넣고 싶었다. 문 아래의 받침돌 아래에 넣든지 아니면 어찌어찌 우연히 떨어뜨리든지 하고는 골목으로 방향을 틀려고 했다. 그러나 즉시 "어디 가는 거야?" 혹은 "이렇게 일찍 누구 면도를 하려는 거야?"라고 질문하기 시작하는 지인들을 마주치는 바람에 이반 야코블레비치는 기회를 포착할 수가 없었다. 한 번은 코를 떨어뜨렸지만 멀리서 보초를 서고 있던 경찰이 미늘창으로 코를 가리키면서 말했다.

"주워! 거기 너 뭔가 떨어뜨렸어!"

그래서 이반 야코블레비치는 코를 들어올려 주머니 속에 감추어야만 했다. 거리에 사람들이 점점 쉼 없이 많아지고 그와 함께 상점과 가판대가 문을 열자 절망이 그를 사로잡았다.

코를 네바강에 던져 버릴 수 있을 것 같아 그는 이삭키옙스키 다리* 쪽으로 가기로 결정했다. 그런데 지금까지 이반 야코블레비치에 대해, 많은 면에서 존경할 만한 이 사람에 대해 설명하지 않은 것에 나는 약간 미안함을 느낀다.

이반 야코블레비치는 러시아의 모든 괜찮은 숙련공이 그러하듯 끔찍한 술꾼이었다. 매일 남의 턱을 면도하면서 정작 자신의 턱은 늘 면도하지 않은 상태였다. 이반 야코블레비치의 연미복(이반 야코블레비치는 프록코트를 입고 다닌 적이 한 번도 없었다)은 얼룩덜룩했다. 원래 검은색이었던 옷이 황갈색과 회색 반점 투성이었다. 옷깃은 닳아 반질거리고 단추 세 개 대신 실밥 하나만이 달려 있었다. 이반 야코블레

---

* 상트페테르부르크의 네바강을 가로지르는 다리로 근처의 이삭 성당의 이름에서 그 이름을 가져왔다.

비치는 상당한 냉소주의자여서 8등관 코발료프가 면도할 때마다 그에게 늘상 "이반 야코블레비치, 자네 손에서 항상 역한 냄새가 나!"라고 말하면 "대체 왜 악취가 나는 거죠?"라고 대꾸했다. "나도 몰라. 냄새가 날 뿐이야."라고 8등관이 말하면 이반 야코블레비치는 코담배를 맡은 후 대답 대신 그의 볼과 코 밑, 귀 뒤, 턱 아래, 한마디로 자신이 원하는 곳에 비누 거품을 칠했다.

이 존경할 만한 시민은 이윽고 이삭키옙스키 다리에 도달했다. 그는 먼저 주위를 둘러보았다. 그러고는 물고기들이 많이 돌아다니는지 다리 아래를 바라보는 척하면서 난간에 몸을 숙였고 코를 싼 헝겊을 몰래 떨어뜨렸다. 그는 자신으로부터 단번에 10푸드*가 떨어져 나가는 것 같다고 느꼈다. 이반 야코블레비치는 미소를 짓기까지 했다. 관리의 턱수염을 면도하러 가는 대신 '요리와 차'라고 써져 있는 가게로 가서 펀치 한 잔을 마시려고 출발하자마자 곧 그는 다리 끝에 구레나룻을 덥수룩하게 기르고 삼각모에 장검을 착용한, 위풍당당한 풍채의 구역 경찰관이 있음을 알아차렸다. 그는 실신할 지경이었다. 반면 경찰관은 그에게 손

---

* 푸드는 무게 단위로 1푸드는 대략 16.38kg이다.

짓하며 말했다.

"여보게, 이리로 오게!"

이반 야코블레비치는 제복을 알아보고는 멀리서 모자도 벗고 잽싸게 다가간 후 말했다.

"안녕하세요, 나리!"

"아니, 아니, 나리는 무슨. 거기 다리에 서서 무엇을 했는지나 말해주지 않겠나?

"나리, 단연코 저는 면도를 하러 가다가 강물이 세차게 흐르는지 보려고만 했을 뿐입니다."

"거짓말, 거짓말하고 있네! 그런 걸로 속일 수가 없어. 어서 똑바로 말해!"

"제가 일주일에 두 번, 아니 세 번 귀하의 면도를 무조건 해 드릴게요." 이반 야코블레비치가 대답했다.

"됐네, 여보게, 쓸데없는 일이야! 세 명의 이발사가 내 면도를 해주고 있고, 그들은 그걸 아주 큰 영광으로 생각하고 있단 말이야. 그러니 어서 말하기나 해. 거기서 뭘 하고 있었지?"

이반 야코블레비치는 창백해졌다……. 그러나 여기서 사건은 완전히 안개에 싸여버렸고 그 후 무슨 일이 일어났는지는 알려진 바가 전혀 없다.

II

8등관 코발료프는 매우 일찍 잠에서 깨어 입술로 '부르르' 소리를 냈는데, 이는 그가 일어났을 때 항상 하는 것으로 무슨 이유로 그러는지는 그 자신도 설명할 수 없었다. 코발료프는 기지개를 펴고 나서 탁자에 놓여 있는 크지 않은 거울을 갖다 달라고 명령했다. 그는 어제저녁부터 코 위에 솟아난 뾰루지를 보고 싶었다. 그러나 대단히 놀랍게도 그가 본 것은 코 대신 완전히 매끈한 평면이었다! 놀란 코발료프는 물을 가져오라고 해서 수건으로 눈을 문질러 닦았다. 분명 코가 없는 게 맞았다! 그는 자신이 아직 자고 있는 것이 아닌지 알아보기 위해 손으로 만져보았다. 자고 있지는 않은 것 같았다. 8등관 코발료프는 침대에서 벌떡 일어나 몸을 흔들었다. 그래도 코는 없었다! 그는 입을 옷을 당장 가져오라고 지시했고, 경찰청장에게 곧장 질주했다.

그런데 이 8등관이라는 것이 어떤 유의 것인지 독자가 알 수 있도록 코발료프에 대해 뭐든 말해야만 한다. 학력

증명서로 받을 수 있는 8등관을 카프카스 지역에서 만들어지는 8등관과 비교해서는 결코 안 된다. 이 둘은 완전히 다른 유의 것이다. 학력에 의한 8등관은… 아니, 러시아는 놀라운 땅이라서 만약 누군가 어떤 8등관 한 사람에 대해 말하면 리가에서 캄차트카에 사는 모든 8등관들이 필시 자기 얘기로 받아들일 것이다. 다른 칭호나 관등에 대해서도 모두 마찬가지다. 코발료프는 카프카스 출신의 8등관이었다. 그는 이 칭호를 얻은 지 아직 2년밖에 안 되었고 그렇기 때문에 이 칭호에 대해 한순간도 잊을 수가 없었다. 자신에게 고상함과 권위를 좀더 부여하기 위해 그는 자신을 절대 8등관이라고 부르지 않았고 항상 소령이라고 불렀다. "이봐, 자기." 그는 거리에서 셔츠용 흰 천을 파는 아낙에게 일상적으로 이렇게 말했다. "우리 집에 와. 우리 집은 사도바야 거리에 있는데 거기로 와서 '여기에 코발료프 소령이 사시나요?'라고 묻기만 하면 돼. 그럼 아무나 다 가르쳐줄 거야." 만약 어떤 예쁜 여자를 만나면 그녀에게 "귀염둥이, 코발료프 소령의 집을 물어봐."라고 덧붙이며 비밀스러운 지령을 내렸다. 그러므로 우리는 앞으로 이 8등관을 소령이라고 부를 것이다.

코발툐프 소령은 매일 넵스키 대로*를 거닐었다. 그의 셔츠 깃은 항상 굉장히 깨끗했고 풀이 빳빳이 먹여져 있었다. 그의 구레나룻은 현이나 군의 토지 측량사, 건축가, 연대 군의관, 그 밖에 경찰 관련 임무를 수행하는 사람들, 그리고 대체로 통통한 장밋빛 뺨에 보스턴 게임**을 아주 잘하는 남자들 모두에게서 요즘 볼 수 있는 그러한 종류로, 뺨 한가운데에서 곧장 코까지 이어졌다. 코발툐프 소령은 문장 紋章들과 함께 홍옥으로 만든 수많은 인장들을 가지고 다녔고 거기에는 수요일, 목요일, 월요일 등이 새겨져 있었다. 코발툐프 소령은 필요에 의해 페테르부르크로 왔는데, 그 필요란 자신의 칭호에 적합한 자리를 찾는 것이었다. 만약 성공하면 현의 부지사가 되는 거고 그렇지 않으면 어디든 중요한 관청의 회계 감독관이라도 될 것이다. 코발툐프 소령은 결혼하는 것을 거부하진 않았지만 신부에게 20만 루블의 지참금이 있는 경우에만 그러했다. 따라서 이제 독자들은 그리 나쁘지 않은 괜찮은 코 대신에 완전히 평평하고 매끈한 평면을 보았을 때 이 소령의 상황이 어떠했는지 스스로 판단할 수 있을 것이다.

---

* 상트페테르부르크의 주요 거리이자 번화가로 네바강에서 그 이름을 가져왔다.
** 두 조의 트럼프로 네 사람이 노는 트럼프 게임의 일종이다.

불행히도 거리에는 마차가 단 하나도 보이지 않아서 그는 망토로 몸을 감싸고 마치 코피가 나는 척 손수건으로 얼굴을 가린 후 걸어야만 했다.

'그렇지만 내가 착각을 했을 수도 있어. 어리석게 코가 없어질 리가 없지.'

그는 이렇게 생각하며 거울을 보기 위해 일부러 제과점에 들렀다. 다행히 제과점에는 아무도 없었고 사내아이들이 바닥을 쓸고 의자들을 정리하고 있었다. 다른 사람들은 잠에 취한 눈으로 쟁반에 뜨거운 빵을 나르고 있었다. 식탁과 의자에는 커피가 쏟아진 어제 자 신문들이 내팽개쳐져 있었다.

"아, 다행히 아무도 없군. 이제 자세히 볼 수 있겠어."

그는 거울로 소심하게 다가가 들여다보았다.

"이런 젠장, 뭐 이따위가 있어!" 침을 뱉으며 그는 말했다. "코 대신에 다른 거라도 있어야지, 그런데 아무것도 없다니!……"

화가 나 입술을 깨문 후 그는 제과점에서 나가 평상시와는 달리 누구를 보더라도 미소 짓지 않겠다고 결심했다. 돌연 그는 한 집의 문가에 못 박힌 듯 멈춰 섰다. 그의 눈에 말로는 설명할 수 없는 광경이 펼쳐졌기 때문이었다. 출입구 앞에 사륜 유개마차가 멈춰서더니 문이 열리고 제복을 입은 신사가 몸을 구부리고 뛰어나와 계단으로 뛰어 올라 갔다. 이 신사가 자신의 코라는 사실을 알게 되었을 때 코발표프가 느낀 공포와 놀라움은 얼마나 컸는지! 이 기이한 광경에 자신이 보고 있는 모든 것이 뒤죽박죽이 되는 듯해서 그는 제대로 서 있지도 못할 지경이었다. 열병에 걸린 듯 온몸을 떨면서도 그는 신사가 마차로 돌아올 때까지 어떻게든 기다리기로 결심했다. 2분 후 코는 정말로 나왔다. 그는 금사로 재봉된, 큰 깃을 바짝 세운 제복에 스웨이드로 만든 바지를 입고 옆에는 장검을 차고 있었다. 깃털 달린 모자로 보아 그가 5등관임을 알 수 있었다. 모든 것으로 미루어 보았을 때 그는 방문차 어디론가 가고 있는 게 분명했다. 그는 양쪽을 힐끗 바라본 후 마부에게 "마차를 대령해." 라고 소리쳤고 마차를 타고 떠나버렸다.

가엾은 코발표프는 거의 미칠 것 같았다. 그는 이런 기이한 사건에 대해 어떻게 생각해야 할지 알지 못했다. 어제만 해도 얼굴에 붙어 있던 코가, 마차를 타고 돌아다닐 수 없었던 코가 제복을 입고 있는 것이 정녕 가능한 일인가! 그는 마차를 뒤따라 달리기 시작했고 다행히도 마차는 그리 멀리 안 가 카잔 대성당 앞에 멈추었다.

그는 성당으로 서둘러 가서 예전에 그가 그토록 비웃었던, 두 개의 눈구멍만 빼고는 얼굴을 꽁꽁 싸맨 일련의 거지 노파들 사이를 겨우 뚫고 나가 성당 안으로 들어갔다. 성당 안에는 기도하는 사람들이 많지 않았는데, 모두가 출입문 근처에만 서 있었다. 코발료프는 너무도 혼란스러운 나머지 기도를 할 힘이 없었고, 온 구석구석마다 눈으로 이 신사를 찾아다녔다. 마침내 한쪽에 서 있는 그를 발견했다. 코는 자신의 얼굴을 바짝 세운 큰 깃에 감추고서 매우 경건한 표정으로 기도하고 있었다.

'어떻게 그에게 다가가지?' 코발료프는 생각했다. '제복이나 모자, 모든 것으로 보건대 그는 5등관이야. 제길, 이를 어쩌지!'

그는 코 주변에서 이따금 기침을 하기 시작했다. 그러나 코는 자신의 경건한 상태를 한순간도 포기하지 않고 허리를 굽혀가며 기도를 했다.

"귀하……." 속으로 억지로 자기 자신을 격려하며 코발료프가 말했다. "귀하……?"

"무슨 일이십니까?" 코가 돌아서며 대답했다.

"귀하, 이상한 일이지만… 제 생각에… 당신은 자신의 자리를 알아야만 합니다. 그런데 제가 당신을 갑자기 발견한

곳이 어딘가요? 바로 성당에서입니다. 그러니 제 말에 동의
하시겠죠?"

"죄송합니다만 무슨 말씀인지 전혀 이해할 수 없습니
다…… 좀더 설명해주십시오."

'내가 그에게 어떻게 설명한단 말인가?'

코발료프는 생각했고, 용기를 내어 말을 시작했다.

"물론 저는… 그런데 저는 소령입니다. 동의하시겠지만
제가 코 없이 다니는 건 점잖지 못한 일입니다. 보스크레센
스키 다리에서 껍질 벗긴 오렌지를 파는 장사꾼 여자라면
코 없이 앉아 있을 수 있죠. 그러나 제가 얻게 될 것을 염
두에 둔다면… 게다가 저는 많은 곳에서 귀부인들과 친분
이 있어요. 5등 문관의 부인인 체흐타료바를 비롯한 다른
부인들 말이에요…… 당신 스스로 판단해보십시오…… 귀
하, 저는 모르겠어요. (이때 코발료프 소령은 어깨를 으쓱
했다.) 죄송합니다…… 만약 의무와 양심의 법칙에 의거하
여 이 일을 바라본다면… 당신 스스로가 이해하실 수 있
을 겁니다……"

"결단코 아무것도 이해할 수 없습니다." 코가 대답했다.
"좀더 충분히 설명해주십시오."

"귀하……" 코발료프는 자신감을 가지고 말했다. "저는

당신이 말하시는 바를 어떻게 이해해야 할지 모르겠습니다……. 이건 모든 게 완전히 명백하거든요……. 그러나 정녕 당신이 원하신다면… 당신은 제 코라는 말입니다!"

코는 소령을 바라보았고 눈썹을 살짝 찌푸렸다.

"귀하, 당신이 착각하신 겁니다. 저는 저 자신입니다. 또한 우리 사이에는 그 어떤 긴밀한 관계도 있을 수가 없습니다. 당신의 제복 단추로 보아 하니 당신은 상원이나 적어도 법무성에서 근무하시는 것 같습니다만 저는 학술기관에서 근무합니다."

이렇게 말하고 코는 몸을 돌려 기도를 계속했다.

코발료프는 매우 당황하여 무엇을 해야 할지, 심지어 무슨 생각을 해야 할지도 알 수 없었다. 이때 어느 귀부인의 옷에서 기분 좋은 소리가 들려왔다. 온통 레이스로 장식한 옷을 입은 나이가 지긋한 귀부인과 함께 날씬한 허리를 귀엽게 강조한 하얀 드레스를 입고 마치 생과자 색처럼 산뜻한 미색의 모자를 쓴 여리여리한 숙녀가 다가왔다. 그들 뒤로 넙데데한 구레나룻에 열두 겹은 될 것 같은 옷깃 차림의 키 큰 하인이 멈춰 서서 담뱃갑을 열었다.

코발료프는 좀더 가까이 가서 아마 재질의 옷깃을 빼내고 금줄에 달린 자신의 인장을 바로잡았다. 그러고는 사방에 미소를 지으면서 봄꽃같이 가볍게 몸을 숙이고 투명할 정도로 흰 자신의 손을 이마에 대고 있는 날씬한 귀부인에게 주의를 돌렸다. 그녀의 모자 아래에서 동글동글한 새하얀 턱과 봄에 피는 첫 장미의 색깔처럼 빛나는 뺨의 일부를 보았을 때 코발료프의 얼굴에 떠오른 미소는 더욱 퍼져나갔다. 그러나 돌연 그는 불에 덴 듯 황급히 물러섰다. 그는 코가 있을 자리에 아무것도 없음을 상기했고 눈에 눈물이 차올랐다. 코발료프는 제복 입은 신사에게 당신은 다만 5등관인 척하고 있는 비열한 사기꾼에 불과하며, 실상 자신의 코일뿐 더는 아무것도 아니라고 솔직하게 말하기 위해 몸을 돌렸다. 그러나 코는 이미 사라지고 없었다. 그는 누군가를 또 방문하기 위해 서둘러 가버린 것 같았다.

이에 코발료프는 절망에 빠졌다. 그는 뒤로 가서 줄지어 서 있는 기둥 아래에 잠시 멈춰서 코의 행방을 찾기 위해 사방을 주의 깊게 살펴보았다. 코발료프는 깃털 장식이 있는 그의 모자와 금사로 수놓아진 제복을 뚜렷이 기억했다. 그러나 외투나 마차 색깔, 말, 심지어 뒤에 하인이 있었는지, 있었다면 그 하인의 제복이 어떠했는지는 보지 못했다. 더욱이 수많은 마차들이 이리저리 빠르게 질주하는 바람에 보는 것조차 힘들었다. 행여 마차들 중 어떤 것을 보았다 하더라도 멈춰 세울 그 어떤 방법도 없었다. 햇빛이 좋은 화창한 날이었다. 넵스키 대로에는 사람들이 많았다. 폴리체이스키 다리*부터 아니츠킨 다리**까지 형형색색의 귀부인들이 폭포처럼 인도로 쏟아져 나왔다. 저쪽에 걸어가고 있는 사람은 7등관인 지인으로, 특히 다른 사람들과 함께 있을 때 코발료프는 그를 중령이라고 불렀다. 상원의 서기장이자 그의 절친으로 여덟 명이 보스턴 게임을 할 때 항상 지기만 하는 야리시킨도 있었다. 카프카스에서 8등관을 딴 또 다른 소령은 그를 향해 자신에게 오라고 손을 흔들고 있었다······.

"이런 젠장!" 코발료프가 말했다. "이봐, 마부, 곧장 경찰청장에게로 가!"

코발료프는 사륜 무개마차에 타자마자 마부에게 소리질렀다. "전속력으로 힘껏 달려!"

"경찰청장님은 계신가?" 현관방에 들어선 그가 큰 소리로 외쳤다.

"안 계십니다." 문지기가 대답했다. "방금 나가셨습니다."

---

* 상트페테르부르크의 주요 거리이자 번화가로 네바강에서 그 이름을 가져왔다.
** 넵스키 대로의 폰탄카강을 가로지르는 다리이다.

"아니, 이런!"

"네." 문지기가 덧붙였다. "나가신 지 그리 오래되지 않았습니다. 1분만 일찍 오셨더라면 집에서 만나셨을 거예요."

코발료프는 얼굴에서 손수건을 떼지 않은 채 마차에 앉아 절망적인 목소리로 외쳤다.

"가자!"

"어디로 갈까요?" 마부가 말했다.

"곧장 쭉 가!"

"곧장 어떻게요? 저기에 갈림길이 있는데 오른쪽으로 갈까요, 아니면 왼쪽으로 갈까요?"

이 질문은 코발료프를 진정시켜 다시금 생각하게 만들었다. 그의 상황에서는 무엇보다도 먼저 시 경찰청에 문의해야 했는데, 상황이 그곳과 직접 관련이 있어서가 아니라 다른 곳보다 거기서 처리하는 것이 훨씬 빠를 것이기 때문이었다. 코가 자신이 일하고 있다고 밝힌 곳에 있는 상관으로부터 만족할 만한 결과를 구하는 것은 무모한 일일 것이다. 왜냐하면 코가 한 대답에서 이미 밝혀졌듯이 이 사람에게는 그 어떤 고결함도 없을뿐더러 이런 경우 아까 거짓말을 했듯이 자신은 코발료프를 만나본 적이 없다고 단언하며 거짓말할 것이 뻔했기 때문이었다. 그리하여 코발료프는 경찰청으로 가자고 명령하려다가 첫 만남에서 그렇게 후안무치하게 행동한 이 사기꾼, 협잡꾼이 무슨 수를 써서 도시에서 몰래 빠져나갔을 수도 있고, 그러면 모든 수색이 물거품이 되거나 하늘이 돕더라도 한 달 내내 이어질 수도 있을 거라는 생각이 다시금 들었다. 마침내 코발료프는 하늘로부터 깨우침을 얻은 듯했다. 그는 코를 만나는 사람마다 즉시 자신에게 잡아오도록 혹은 최소한 그 거처를 알려주도록 신문사에 곧바로 문의하여 상세한 정황을 전부 적은 광고를 먼저 내기로 결심했다. 이렇게 결정한 후 그는 마부에게 신문사로 가자고 지시했고 가는 내내 마부의 등을 주먹으로 치면서 "더 빨리 가, 비열한 놈아! 더 빨리 가라고, 사기꾼아!"라고 끊임없이 윽박질렀다. "아이고, 나리!" 마부는 머리를 흔들고, 고삐로 삽살개처럼 털이 긴 자신의 말을 후려쳤다. 드디어 마차는 멈춰 섰고 코발료프는 숨을 헐떡거리며 크지 않은 접수실로 달려 들어갔다. 접수실에는 낡은 연미복에 안경을 착용한, 머리가 희끗희끗한 관리 하나가 책상 앞에 앉아 이로 펜대를 물고서는 수령한 동전들을 세고 있었다.

"누가 광고를 접수 받습니까?" 코발료프가 소리쳤다. "아, 안녕하세요!"

"안녕하세요." 백발의 관리가 순간 눈을 들었다가 다시 펼쳐놓은 동전 뭉치로 시선을 떨어뜨렸다.

"광고를 내길 원합니다만……."

"잠깐만요. 조금만 기다려주세요." 한 손으로 종이에 숫자를 기입하고 왼손의 손가락으로는 주판알 두 개를 움직이면서 관리가 말했다. 귀족의 저택에서 일한다는 것을 보여주는 금색의 장식용 수술 달린 옷을 입은 말끔한 외양의 하인이 손에 쪽지를 들고 책상 옆에 서서 자신의 사교성을 보여주며 예절 바르게 말했다. "나리, 믿어지십니까? 80코페이카도 안 되는 이 강아지를, 저라면 16코페이카도 안 줄 이 녀석을 백작 부인께서 정말 좋아하신단 말입니다. 그래서 그 강아지를 찾는 사람한테 100루블을 준답니다! 점잖게 말해서 지금 우리 둘처럼 사람들의 취향도 서로 완전히 다른 거죠. 사냥꾼이라면 사냥개나 푸들을 고수하겠죠. 그래서 500루블, 1000루블을 주는 걸 아까워하지 않아요. 대신 좋은 개여야 하겠지만요."

존경할 만한 관리는 의미심장한 표정으로 이 말을 듣는 한편 받은 쪽지의 글자 수가 얼마인지 계산했다. 주위에는 많은 노파들과 상점 점원들, 집사들이 쪽지를 들고 서 있었다. 어느 쪽지에는 술을 마시지 않는 마부가 일을 구한다고

27
코

쓰여 있었고 다른 쪽지에는 1814년 파리에서 들여온, 별로 사용하지 않은 사륜 유개마차를 판다고 쓰여 있었다. 저쪽에서는 세탁 일을 했지만 다른 일도 할 수 있는 열아홉 살의 여종이 구직한다고 했다. 스프링 하나만 없을 뿐인 튼튼한 사륜 무개마차, 회색 반점이 있는 생후 17년 된 젊고 건강한 말, 런던에서 새로 들여온 순무씨와 빨간 무씨 판매 광고며, 말들을 넣을 수 있는 두 개의 마구간과 멋진 자작나무 혹은 참나무 정원을 가꿀 수 있는 공지가 있는, 모든 필요 시설을 갖춘 다차* 광고가 있었다. 또한 낡은 신발창을 사고 싶은 사람들은 매일 아침 8시부터 오후 3시 사이에 개최되는 경매에 오라는 초대도 있었다. 이 모든 사람들이 북적대는 방은 작았고 그래서 방 안의 공기는 극도로 혼탁했다. 그러나 8등관 코발료프는 손수건으로 얼굴을 가렸기 때문에, 또 그의 코가 어디론가 사라져버렸기 때문에 냄새를 맡을 수 없었다.

"죄송합니다만, 부탁드릴 게 있습니다……. 매우 긴요한 거라서요."

참지 못한 코발료프가 마침내 입을 열었다.

---

* 상트페테르부르크의 주요 거리이자 번화가로 네바강에서 그 이름을 가져왔다.

"잠깐, 잠깐만요! 2루블 43코페이카입니다! 잠시만 기다리세요! 1루블 64코페이카입니다!"

머리가 희끗희끗한 관리가 노파들과 집사들의 눈가에 쪽지를 들이대며 말했다.

"뭐가 필요하다고요?"

코발료프를 향해 드디어 그가 말했다.

"저는…," 코발료프가 말했다. "기만이나 사기 같은 걸 당했는데요. 지금까지도 도통 영문을 모르겠습니다. 제가 요청하는 것은 다만 이 사기꾼을 제게 데려오는 사람은 충분한 보상을 받을 거라는 광고를 내주십사 하는 것입니다."

"당신의 성이 무엇이죠?"

"아니, 대체 성이 왜 필요하죠? 말할 수 없습니다. 제겐 지인들이 많아요. 5등관 부인 체흐타료바, 영관급 장교 부인인 펠라게야 그리고리예브나 포드토치나 등등요…… 만약 갑자기 이들이 알게 되면 어쩌려고요! 당신은 그저 이렇게 쓰세요. 8등관 아니, 그보다는 소령 직위에 있는 사람이라고요."

"그런데 도주한 이가 당신의 하인입니까?

"아니, 하인이냐고요? 만약 그렇다면 그리 큰 사기가 아니죠! 나한테서 도망간 것은 바로… 코입니다……"

"흠! 정말 이상한 성이네요! 그 코 씨*가 당신에게서 큰돈을 훔쳐간 건가요?"

"코는, 그러니까… 당신은 잘못 이해하셨어요! 코, 바로 제게 속하는 코가 어딘가로 사라졌다는 말입니다. 악마의 장난 같은 그런 말도 안 되는 일이 일어났다고요!"

"그런데 어떻게 사라진 겁니까? 잘 이해되지 않습니다."

"어떻게 된 일인지는 저도 당신에게 말할 수가 없습니다. 그러나 중요한 것은 지금 그가 마차를 타고 도시를 돌아다니면서 자신을 5등관이라고 말하고 다닌다는 겁니다. 그 때문에 지체하지 않고 신속하게 그를 잡아 제게 데려와 달라고 광고를 요청하는 거고요. 생각해보세요. 이렇게 눈에 띄는 몸의 일부가 없는 제 심정이 어떨까요? 코는 부츠를 신으면 아무도 보지 못하는 새끼발가락 같은 게 아니라고요. 저는 목요일마다 5등관 부인 체흐타료바를 방문합니다. 포드토치나 팔라게야 그리고리예브나, 이 영관급 장교 부인과 그녀의 아주 예쁜 딸 역시 저와 매우 친하단 말입니다. 그러니 당신 스스로 제가 지금 어떨는지 생각해보세요……. 저는 이제 그들 앞에 나타날 수가 없다고요."

* 러시아어로 코를 의미하는 단어 노스(nos)를 성인 노소프(Nosov)로 잘못 알아들은 것이다.

관리는 생각에 잠겼는데, 굳게 다문 입술이 그것을 보여주었다.

"아니요, 저는 그런 광고를 신문에 실을 수 없습니다." 긴 침묵 끝에 드디어 그가 말했다.

"뭐라고요? 왜요?"

"안 된다고요. 신문이 평판을 잃을 수가 있어요. 만약 별의별 사람이 자신의 코가 도망갔다고 광고를 내기 시작하면… 그러면 허황된 말들과 거짓 소문들을 싣는다고 말들 할 겁니다."

"하지만 이게 왜 허황된 일이라는 겁니까? 여기 그런 건 결코 없는 것 같은데요."

"당신에게 없어 보이는 거죠. 지난주에만 해도 이런 일이 있었습니다. 당신이 지금 온 것처럼 어떤 관리가, 계산해보니 2루블 73코페이카가 되는 쪽지 하나를 들고 왔는데, 검은 털을 가진 푸들이 도망갔다는 내용이었어요. 거기에 뭐 특이한 게 있어 보입니까? 그런데 그건 비방 광고였습니다. 푸들이란 건 어떤 기관의 재정 담당자를 가리켰어요."

"그러나 제가 당신에게 광고해 달라는 것은 푸들이 아니라 제 코입니다, 즉 제 자신에 대한 광고인 거죠."

"아니오. 그런 광고를 저는 실을 수 없습니다."

"제 코가 정말 사라졌단 말입니다!"

"만약 사라졌다면 그건 의사의 일이죠. 어떤 코가 필요하든 간에 붙여줄 수 있는 사람들이 있다고 합니다. 그런데 제가 보기에 당신은 필경 쾌활한 성격을 가지셨고 사람들에게 농담하는 걸 좋아하시는 것 같네요."

"신에 맹세컨대 결코 아닙니다! 일이 이렇게 되었으니 당신에게 보여드리겠습니다."

"무엇 때문에 당신께 그런 폐를 끼치겠어요!" 코담배를 맡으며 관리가 말을 계속했다. "하지만 만약 폐가 안 된다면 한번 보고 싶군요."

호기심을 보이며 그는 말을 덧붙였다.

8등관은 얼굴에서 손수건을 떼어냈다.

"정말, 진짜 기이하군요!" 관리가 말했다. "이제 막 구운 블리니*처럼 그 자리가 완전히 매끄러워요. 실로 믿을 수가 없네요!"

"자, 이래도 논쟁하시겠습니까? 보시다시피 당신이 광고를 안 내실 수는 없습니다. 이 사건으로 인해 당신과 알게 되어 저는 매우 감사하고 또 몹시 기쁩니다."

---

* 얇고 둥글게 부친 러시아식 팬케이크이다.

보건대 소령은 이번에는 약간의 아첨을 하기로 결심한 듯했다.

"광고를 내는 건, 물론, 큰일이 아닙니다." 관리가 말했다. "다만 제 예상에는 당신에게 이득이 될 만한 것이 전혀 없다는 거죠. 만약 지금도 원하신다면 능수능란한 글재주를 가진 사람에게 부탁하여 이 기이한 사건을 작품으로 쓰게 한 후 젊은이들 (여기서 그는 코를 닦았다) 또는 일반인들의 호기심을 충족시키기 위해 잡지 『북방의 꿀벌』*에 (이 대목에서 그는 또다시 코담배를 들이마셨다) 그 기사를 넘겨보세요."

8등관은 완전히 낙담했다. 그는 공연 소식이 있는 신문 하단으로 시선을 떨구었다. 예쁜 여배우의 이름을 본 그의 얼굴은 이미 웃을 준비가 되어 있었고, 한 손은 5루블짜리 파란색 지폐가 있는지 확인하러 주머니 속에 가 있었는데, 왜냐하면 영관급 장교는 일등석에 앉아야 한다고 코발료프는 생각했기 때문이다. 하지만 코에 대한 생각이 이 모든 것을 망쳐버렸다!

관리 역시 코발료프의 곤란한 상황에 마음이 움직인 듯

---

* 1825~1864년에 페테르부르크에서 간행된 정치 문학 신문이다.

했다. 그의 상심을 얼마든 덜어주고 싶었던 관리는 몇 마디 말로 동정을 표현해야겠다고 생각했다.

"당신에게 이런 일이 일어나서 저도 사실 매우 애통합니다. 코담배라도 좀 하시겠어요? 이게 두통과 슬픈 기분을 없애주거든요. 심지어 치질에도 좋아요."

모자를 쓴 어느 부인의 초상화가 그려진 담뱃갑의 뚜껑을 꽤 능숙하게 젖힌 관리는 이렇게 말하면서 담뱃갑을 코발료프에게 가까이 가져갔다.

이 무의식적인 행동이 코발료프의 인내심을 끊어놓았다. "이 마당에 농담을 하다니 이해할 수가 없군요." 그는 분노해서 말했다. "제게 냄새를 맡을 수 있는 코가 없다는 게 정녕 보이지 않는 겁니까? 망할 놈의 담배! 당신의 그 비루한 베레진 코담배*는 물론이거니와 라페**를 가져와도 꼴도 보기 싫소."

이렇게 말한 후 격분한 그는 신문사에서 나와 설탕이라면 사족을 못 쓰는 경찰서장에게로 향했다. 서장의 집 현관방과 식당에는 상인들이 우정의 표시로 가져온 설탕 덩어리들로 빼곡했다. 코발료프가 도착한 때에 여자 하인은 서

* 자작나무를 원료로 한 러시아제 코담배이다.
** 라페(이 명칭 역시 담배의 원료가 되는 식물의 명칭이다)는 프랑스제 담배이다.

장의 정복 부츠를 벗겨내고 있었다. 서장의 장검과 무구는 이미 집안 구석마다 잘 걸려 있었고, 서장의 세 살짜리 아이는 벌써 준엄한 삼각모를 가지고 놀고 있었으며 전투적인 군인의 삶에서 벗어난 서장은 만족스러운 평화를 맛볼 준비를 하고 있었다.

코발료프가 서장에게 간 때는 서장이 기지개를 펴면서 만족스럽게 "아이고, 두 시간 정도 잠이나 푹 자야지!"라고 말하던 바로 그때였다. 그런고로 예상하건대 8등관은 아주 좋지 않은 때에 방문한 것이었다. 따라서 그 당시 그가 차나 나사羅紗 몇 파운드를 가지고 왔더라도 서장이 아주 반갑게 맞았을는지는 모르겠다. 서장은 모든 예술과 수공제품의 열렬한 애호가였다. 그러나 그 무엇보다도 가장 선호하는 것은 지폐였다. 그는 늘 공공연히 이렇게 말했다. "이것보다 더 좋은 건 없어. 먹을 걸 요구하지도, 장소를 많이 차지하지도 않고 항상 주머니 속에 자리잡고 있으니 말이야. 떨어뜨려도 부서지지 않아."

서장은 꽤 무뚝뚝하게 코발료프를 맞이하면서 점심 이후는 사건을 심리하기에 좋은 시간이 아니라는 둥, 사람은 본래 배불리 먹은 후 조금 쉬기 마련이라는 둥(이 말을 듣고 8등관은 서장이 옛 현자들의 금언을 모르는 게 아님을 알 수 있었다), 점잖은 사람에게서는 코를 떼어가지 않으며 요즘 세상에는 속옷도 제대로 입지 않고 온갖 불미스러운 곳을 돌아다니는 소령들이 많다고 말했다.

말하자면 정통을 찌른 것이다! 하나 지적해야 할 것은 코발료프가 모욕에 과민한 사람이었다는 점이다. 그는 그 자신에 관해 말하는 것이라면 어느 것이나 용서할 수 있었지만 관등이나 칭호에 대한 것이라면 결코 용서하지 않았다. 심지어 그는 희곡에서 위관급 장교에 대한 것들은 모두 넘길 수 있었지만 영관급 장교는 결코 공격해서는 안 된다고 생각했다. 서장의 접대가 그를 너무도 당황하게 만든 나머지 그는 머리를 흔들고 자신의 팔을 살짝 벌린 후 위엄 있게 말했다. "당신의 이러한 모욕적인 언급을 듣고 나니 더 이상 아무 할 말도 없습니다……." 그러고는 나와버렸다.

코발료프는 자신이 제 발로 제대로 걷고 있는지도 느끼지 못하면서 집으로 돌아왔다. 이미 땅거미가 지고 있었다. 모든 탐색이 실패로 돌아가고 나니 자신의 아파트가 처량하고, 아주 불쾌하게 느껴졌다. 현관방으로 들어선 그는 더러운 가죽 소파 위에서 하인 이반이 등을 대고 벌러덩 누운 채 천장에 침을 뱉어 한 지점을 정확하게 맞추고 있는 모습을 보았다. 하인의 이 무심함은 그를 격노하게 했다. 그는 모자로 하인의 이마를 내리치며 덧붙였다. "너, 이 돼지 같은 놈, 항상 바보 같은 짓만 하고 있지!"

이반은 누워 있던 곳에서 돌연 껑충 뛰어올라 코발료프의 망토를 벗기려 분주히 몸을 놀렸다. 우울하고 지친 소령은 자신의 방으로 들어와 안락의자에 털썩 주저앉았고 몇 번 한숨을 쉬더니 말을 내뱉었다.

"세상에나! 이럴 수가! 어떻게 이런 불행이 있을 수가 있지? 팔이나 다리가 없는 게 더 나을 텐데. 두 귀가 없으면 추할 테지만 어쨌든 견딜 만해. 그러나 사람이 코가 없으면 그게 뭔지 누가 알겠어. 새라고 할 수도 없고 시민이라고 할 수도 없어. 이딴 건* 그냥 창문 너머로 집어 던지면 돼! 차라리 전쟁이나 결투에서 코가 잘렸다든지 아니면 나 때문에 그렇게 되었더라면. 그런데 아무 이유 없이, 공연히, 헛되이 사라져버리다니…! 아니야, 이럴 수는 없어."

조금 생각하고 나서 그는 이렇게 덧붙였다.

"코가 사라지다니 믿을 수 없어. 도무지 믿을 수가 없단 말야. 내가 꿈을 꾸고 있거나 혹은 단순히 몽상 속에 빠져 있는 걸 거야. 물을 먹는다는 게 그만 실수로 턱수염을 면

* 코가 없는 사람을 말한다.

도하고 나서 닦아내는 보드카를 먹었을지도 모르지. 바보 같은 이반이 치우지 않아서 아마도 내가 그걸 덥석 마셨을 수도 있어."

자신이 취하지 않았다는 것을 정말로 확인하기 위해 소령은 소리 지를 정도로 아프게 스스로를 꼬집었다. 아픈 걸로 보아 그가 살아 움직이고 있는 건 확실했다. 그는 조용히 거울로 다가가서 코가 제자리에 나타날 거라는 생각으로 먼저 실눈을 떠 보았다. 그러나 그 순간 껑충 뛰어 뒤로 물러서며 소리 질렀다.

"진짜 추악한 모습이로군!"

정말이지 이 상황을 이해할 수가 없었다. 만일 단추나 은수저나 시계 혹은 그와 비슷한 것들이 사라진다면 모를까, 어떻게 코가 사라진단 말인가? 게다가 자기 집에서 말이다…! 코발료프 소령은 모든 상황을 종합적으로 판단한 후 이 원인은 그 누구도 아닌 바로 그가 자신의 딸과 결혼하길 바라는 영관급 장교 부인 포드토치나임에 틀림없다고 추측했다. 코발료프는 그녀 뒤를 쫓아다니는 걸 좋아했지만 최종 결판을 짓는 것을 회피하고 있던 참이었다. 부인이 자신의 딸을 그에게 시집보내길 원한다고 표명했을 때 그는 아직 젊고 정확히 마흔두 살이 될 때까지 앞으로 5년을 더

복무해야 한다고 얼버무리면서 슬쩍 넘어갔다. 이런 연유로 부인은 복수하려고 그를 망치기로 결심했고 이를 위해 어떤 요술 할멈을 고용한 게 분명한데, 왜냐하면 코가 단순히 잘려나간다고는 도무지 생각할 수 없기 때문이었다. 그의 방에 들어온 사람은 아무도 없었다. 이발사 이반 야코블레비치가 수요일에 면도를 해주었는데, 수요일 내내 그리고 목요일 온종일 코는 온전히 있었다. 이에 대한 기억이 또렷했고, 또 그 사실을 잘 알고 있었다. 게다가 아픔도 느껴지지 않았고, 상처가 그렇게 빨리 아물어 블리니처럼 매끈해질 수는 단연코 없는 노릇이다. 그는 영관급 장교 부인을 정식 절차에 따라 재판에 소환할 것인지 혹은 직접 그녀에게 가서 그녀가 꾸민 일을 폭로할지 머릿속에서 계획을 세워보았다. 그의 사색은 이반이 벌써 현관방에 불을 밝혔음을 말해주는, 문 틈새를 통해 반짝이는 빛 때문에 중단되었다. 곧 이반이 초를 앞에 들고 방 전체를 밝게 비추며 모습을 드러냈다. 코발료프가 한 첫 번째 행동은 손수건을 덥석 집어 어리석은 이 인간이 주인의 이상한 점을 눈치채고 멍하니 주시하지 않도록 어제까지 코가 있었던 자리를 가리는 것이었다.

이반이 자신의 방으로 떠나자마자 현관방에서 다음과

같이 말하는 낯선 목소리가 들려왔다.

"여기에 8등관 코발료프가 살고 있습니까?"

"들어오십시오. 코발료프 소령은 여기 있습니다."

코발료프는 서둘러 뛰쳐나가 문을 열며 말했다.

꽤 살찐 볼에 그리 밝지도 어둡지도 않은 구레나룻을 가진, 훌륭한 풍채의 경찰관 하나가 들어왔는데, 그는 이 이야기의 처음에서 이삭 다리 끝에 서 있던 바로 그 경찰관이었다.

"혹시 코를 잃어버리지 않으셨는지요?"

"네, 맞습니다."

"그 코를 지금 찾았습니다."

"뭐라고요?"

코발료프는 소리를 질렀다. 기뻐서 말이 나오지 않았다. 그는 자신 앞에 서 있는 구역 경찰관을, 흔들리는 촛불로 인해 선명하게 깜박이는 그의 통통한 입술과 뺨을 바라보았다.

"어떻게 찾았습니까?"

"이상한 우연에 의해서죠. 막 떠나려는 걸 잡았어요. 이미 역마차에 타서 리가로 떠나려고 했어요. 여권은 어느 관리의 이름으로 오래전에 발급받았더군요. 이상하게도 저는 처음에 그를 평범한 신사로 봤어요. 그러나 다행히 안경이 있어서 바로 즉시 그것이 코임을 알았죠. 사실 저는 근시라서 당신이 제 앞에 있더라도 얼굴만 보일뿐 코나 턱수염, 그 어떤 것도 전혀 알아보질 못해요. 저희 장모님, 그러니까 제 아내의 어머님 역시 아무것도 못 보시죠."

코발료프는 정신이 없는 상태였다.

"그가 어디에 있는 거죠? 제가 바로 뛰어가겠습니다."

"걱정하지 마세요. 당신에게 그것이 필요한 걸 제가 알기에 가져왔습니다. 이상한 것은 이 일과 관계 있는 주요 인물이 지금 유치장에 있는, 보즈네센스키 거리에 사는 사기꾼 이발사라는 점이에요. 저는 오래전부터 그가 폭음과 절도를 한다고 의심하고 있었는데 이틀 전에 어느 가게에서 단추 한 다스를 훔쳤더군요. 당신의 코는 완전히 예전 그대로입니다."

이렇게 말하면서 경찰관은 주머니에 손을 넣어 종이에 싸인 코를 끄집어내었다.

"네, 그거예요!" 코발료프가 외쳤다. "바로 그겁니다! 저와 함께 오늘 차나 한잔 하시죠."

"제안은 매우 기쁘게 생각합니다만 그럴 수 없습니다. 여기에서 나가면 형무소에 들러야 하거든요…… 식료품의 가격이 너무 많이 올랐어요……. 제 집에는 장모님, 그러니까 제 아내의 어머니가 살고 있고 아이들도 있어요. 첫째 아이에게 특히 큰 기대를 하고 있죠. 아주 영리한 아이지만 가르칠 돈이 전혀 없네요."

의도를 알아차린 코발료프는 책상에서 10루블짜리 지폐를 쥐어 발을 착 모아 붙이고 인사를 한 후 문을 나서는 경찰관의 손에 쑤셔 넣었다. 그리고 곧 코발료프는 벌써 거리에서 경찰관이 짐마차를 타고 가로수가 늘어선 대로로 막 나온 멍청한 농부를 훈계하는 소리를 들었다.

경찰관이 떠난 뒤 8등관은 몇 분 동안 어떻게 말로 설명할 수 없는 상태에 있다가 약간의 시간이 지나서야 간신히 정신을 차릴 수 있었다. 예상치 못한 기쁨이 그를 이러한 인사불성에 빠뜨린 것이었다. 그는 두 손을 모아 되찾은 코를 소중히 쥐고 다시 한번 주의 깊게 살펴보았다.

"그래, 이거야, 바로 이거!" 코발료프 소령이 말했다. "어제 솟아난 뽀루지도 왼쪽에 있네." 소령은 기쁜 나머지 웃음을 터뜨릴 뻔했다.

그러나 세상에 오래가는 것은 없기 때문에 기쁨은 처음 순간이 지나면 그렇게 생생하지 않다. 그 후 기쁨은 더 시들해져서 마치 작은 돌로 인해 물 위에 생긴 원이 결국 매끈한 수면과 합쳐지듯이 결국 일반적인 기분 상태와 알게 모르게 합쳐진다. 코발료프는 생각에 잠기기 시작했고, 아직 사태가 끝나지 않았음을 알아챘다. 코를 찾았지만 그것을 제자리에 붙여야만 했다.

"그런데 만약에 코가 붙지 않으면 어떻게 하지?"

이 질문에 소령은 창백해졌다.

말로 표현할 수 없는 공포에 휩싸인 그는 어떻게든 코를 비뚤어지지 않게 세우기 위해 책상 쪽으로 달려가 거울을 끌어당겼다. 손이 덜덜 떨렸다. 그는 신중하고 조심스럽게 예전에 있던 자리에 코를 놓았다. 아, 이럴 수가! 코가 붙지 않았다……! 그는 코를 입으로 가져가 자신의 입김으로 가볍게 그것을 데운 후 다시 두 뺨 사이에 위치한 매끄러운 장소에 가져다 대었다. 하지만 코는 전혀 고정되지 않았다.

"자! 어서! 기어 들어가라고, 멍청아!"

그는 코에게 말했다. 그러나 코는 마치 나무로 만들어진 듯 코르크 마개처럼 이상한 소리를 내며 책상에 떨어졌다. 소령의 얼굴은 경련을 일으키며 일그러졌다.

"정말 코가 안 붙는 건가?"

그는 공포에 사로잡혀 말했다. 원래 있던 자리에 코를 몇 번을 갖다 놓으려 노력해도 헛수고였다.

그는 이반을 불러서 같은 건물 2층의 가장 좋은 아파트에 살고 있는 의사를 데려오라고 지시했다. 이 의사는 유명한 사람으로, 그에게는 윤기가 도는 훌륭한 구레나룻과 젊고 건강한 아내가 있었다. 그는 아침마다 신선한 사과를 먹고 매일 아침 45분가량 입을 헹구고 서로 다른 다섯 종류의 칫솔로 치아를 닦음으로써 입을 굉장히 청결하게 유지하고 있었다. 곧 의사가 나타났다. 언제부터 이 불행이 생겼냐고 묻고 난 그가 코발료프 소령의 턱을 들어올려 예전에 코가 있던 바로 그곳을 엄지손가락으로 탁 튕기는 바람에 소령의 머리는 뒤통수가 벽에 부딪힐 정도로 뒤로 힘껏 젖혀졌다. 의사는 별것 아니라며 벽에서 조금 물러서라고 충고한 후에 먼저 오른쪽으로 머리를 숙여보라고 명령하고 코가 있던 예전의 자리를 만져보며 말했다. "흠!" 그다음에는 왼쪽으로 머리를 숙여보라고 명령하고는 "흠!" 하며 마지막으로 다시 엄지손가락으로 그곳을 탁 튕겨서 코발료프는 마치 이빨을 검사받는 말처럼 머리를 이리저리 움직였다. 이와 같은 검사를 마친 후 의사는 머리를 흔들며 말했다.

"안 됩니다. 안 돼요. 더 악화될 수도 있기 때문에 그냥 내버려두는 게 더 나아요. 물론 붙일 수는 있어요. 저는 지금이라도 코를 붙일 수가 있습니다. 그러나 단언하건대 이렇게 하면 당신에게 더 안 좋을 거예요."

"전 괜찮습니다! 코 없이 어떻게 지내란 말입니까?"

코발료프가 말했다.

"지금보다 더 나빠질 수는 없어요. 이런 젠장! 이런 수치스러운 몰골로 어디를 다닌단 말입니까? 저는 훌륭한 인맥을 가지고 있어요. 오늘만 해도 두 집에서 열리는 파티에 가야 한단 말입니다. 제 교제 범위는 넓어요. 5등관 부인 체흐타료바, 영관급 장교 부인 포드토치나… 저지른 일이 있기 때문에 그녀와는 경찰서를 통해서가 아닌 다른 일로 만날 일은 없지만요. 제발 부탁입니다."

코발료프는 애걸하는 목소리로 말했다.

"방법이 없는 건가요? 어떻게든 붙여주세요. 완벽히는 아니더라도 붙어만 있게요. 위험한 경우에는 제가 손으로 살짝 코를 붙들고 있을 수도 있습니다. 또한 부주의한 행동으로 위험을 초래할 수도 있으니 춤도 안 출 겁니다. 약속드려요. 왕진해주신 것에 대한 사례비는 여력이 되는 한 얼마든지……."

"믿으실지 모르겠지만." 의사가 크지도 작지도 않은, 그러나 극히 상냥하고 매혹적인 목소리로 말했다. "저는 욕

45
코

심 때문에 치료한 적이 한 번도 없습니다. 그건 제 원칙과 의술에 반대됩니다. 제가 왕진비를 받는 건 맞지만 그건 제가 거절함으로써 환자가 모욕을 느낄까 봐, 단지 그것 때문입니다. 물론 전 당신 코를 붙여드릴 수 있어요. 그러나 제가 양심을 걸고 단호히 말씀드리건대 만약 당신이 제 말을 믿지 않으면 훨씬 나빠질 거예요. 되어 가는 대로 그냥 놔두십시오. 찬물로 좀더 자주 씻어주세요. 저는 당신이 코가 없어도 있는 것처럼 그렇게 건강하게 지내시리라 확신합니다. 그리고 당신의 코는 알코올이 든 병에 넣어두길 충고합니다. 아니면 그 병에 독한 보드카와 데운 식초 두 숟가락을 넣는 게 더 좋겠어요. 그렇게 해 놓으면 그에 대한 상당한 돈을 받을 수 있을 겁니다. 만약 당신이 가격을 높게 매기지만 않는다면 제가 살 수도 있습니다."

"아니, 아닙니다! 무엇을 준대도 팔지 않을 겁니다!" 절망에 빠진 소령이 외쳤다. "차라리 코가 없어져버리는 게 나아요!"

"죄송합니다!" 작별 인사를 하며 의사가 말했다. "당신에게 도움이 되고 싶었지만… 어쩔 수 없죠! 최소한 당신은 제가 노력하는 것을 보았으니까요."

이렇게 말하고 나서 의사는 우아한 자태로 방에서 나갔

다. 코발료프는 그의 얼굴도 보지 못했고, 다만 깊은 무감각 상태에서 그의 검은 연미복 소매 사이로 보이는 눈처럼 하얗고 깨끗한 셔츠 소맷자락만을 보았다.

이튿날 그는 소송을 제기하기 전에 영관급 부인에게 그녀가 분쟁 없이 그에게 으레 와야 할 것을 돌려주는 것에 동의하는지 아닌지 여부를 묻는 편지를 쓰기로 결심했다. 편지의 내용은 다음과 같았다.

존경하는 귀부인, 알렉산드라 그리고리예브나!
당신의 기이한 행동을 이해할 수가 없습니다. 이런 식으로 행동하시면 아무런 이득도 보지 못하며 당신의 따님과 저를 강제로 결혼시킬 수도 없음을 알아두십시오. 저는 제 코와 관련된 상황을 아주 잘 알고 있고, 이 사건의 주요 관계자가 그 누구도 아닌 바로 당신이라는 것 또한 매우 잘 알고 있습니다. 갑자기 코가 제자리에서 떨어져 나가 도주하고 어느 관리의 모습으로 변장을 한 것, 그리고 마침내 자기 본래 모습으로 돌아온 것은 당신, 그리고 당신과 유사하게 고상한 일에 종사하는 이들이 만들어낸 요술의 결과에 불과합니다. 제 입장에서는 당신에게 미리 알리는 것이 의무라고 생각하는바, 만약 제가 언급한 코가 오늘 제자리로 돌아오지 않으면 부득이 법의 변호와 보호를 취할 수밖에 없습니다.

그러나 여전히 당신을 향해 깊은 경의와 존경을 표합니다.

당신의 충복

플라톤 코발료프

존경하는 플라톤 쿠즈미치 씨!

당신의 편지는 저를 매우 놀라게 했습니다. 솔직히 고백하건대 당신에게 그와 같은 그릇된 비난을 받을 줄은 전혀 생각하지 못했습니다. 미리 말씀드려야 할 것은 저는 당신이 언급하신 그 관리를, 그가 변장을 했건 원래 모습을 했건 간에 저희 집에 들인 적이 한 번도 없다는 사실입니다. 필립 이바노비치 포탄치코프께서 방문하신 것은 사실입니다. 훌륭하시고, 진중하게 행동하시며 매우 박식하신 그분께서 제 딸에게 청혼한 것도 맞지만 저는 그분께 그에 대한 어떤 희망도 심어주지 않았습니다. 당신은 또 코에 관해서도 말씀하셨는데 혹시 제가 당신을 속이려 한다고, 즉 당신의 청혼에 정식으로 거절하려 한다고 생각하시는 건지요. 만약 그렇다면 저야말로 당신께서 그렇게 말씀하셔서서 매우 놀라고 있습니다. 당신도 아시다시피 저는 정반대의 견해를 갖고 있고 만약 당신이 제 딸에게 합법적인 방식으로 청혼을 하신다면 즉시 당신을 만족시켜 드릴 것인데, 왜냐하면 이것이야말로 제가 항상 강렬하게 원했던 것이기 때문입니다. 항상 당신의 부탁을 들어드릴 준비가 되어 있길 희망하며.

알렉산드라 포드토치나

"아니야." 편지를 다 읽은 후 코발료프가 말했다. "그녀는 확실히 죄가 없어. 그럴 리가 없어! 죄를 저지른 사람이면 이런 편지를 쓸 수 없어."

8등관은 이 방면에 조예가 깊었는데 왜냐하면 카프카스에 있을 때에 심리를 하러 몇 번 갔었기 때문이었다. "어떻게, 도대체 어떻게 이런 일이 생겼을까? 다만 악마나 알겠지." 그는 결국 기력을 잃고 두 팔을 늘어뜨리며 이렇게 말했다.

그런데 이 기이한 사건에 대한 소문은 통상 그러하듯 특별한 것이 추가되어 수도 전체에 퍼졌다. 그 당시 모든 사람들의 의식은 비상한 것에 향해 있었다. 바로 얼마 전에는 자기력의 효과에 대한 실험들이 도시 전체를 사로잡았다. 또한 코뉴셴나야 거리의 춤추는 의자에 대한 이야기가 아직 사람들의 기억에 생생히 남아 있어서 8등관 코발료프의 코가 3시 정각에 넵스키 대로를 산책한다는 소문이 돌지라도 이는 전혀 놀랄 만한 것이 안 되었다. 매일 호기심 많은 수많은 사람들이 모여들었다. 누군가 코가 윤케르 상점에 있다고 말하자 윤케르 상점 주위는 군중들로 대혼잡을 이루는 바람에 경찰까지 개입해야만 했다. 큰 덩치에 구레나룻을 기른, 극장 입구에서 여러 가지 다양한 생과자를 팔았던 한 투기꾼은 훌륭하고 튼튼한 긴 나무 의자를 특별히 제작하여 1인당 80코페이카를 받고 호기심 많은 사람들을 그곳으로 초대하기 시작했다. 공훈을 세운 한 대령은 여기에 가려고 일부러 집에서 일찍 나와 힘겹게 인파를 겨우 헤치고 들어갔다. 그러나 상점 창문을 통해 코 대신 평범한 모직 셔츠, 그리고 스타킹을 고쳐 신는 아가씨와 나무 뒤에서 그녀를 엿보고 있는, 접이식 옷깃이 달린 조끼에 짧은 턱수염을 기른 멋쟁이 젊은이가 묘사된 판화, 이미 10년 이상 한 장소에 계속 걸려 있었던 그림을 보고는 크게 분개했다. 떠나면서 그는 괘씸해하며 이렇게 말했다.

"어떻게 이런 어리석고 사실 같지 않은 소문이 사람들을 뒤흔들어 놓는 거지?"

그 후 코발료프 소령의 코가 넵스키 대로가 아니라 타브리체스키 정원*을 산책하고 있고, 이미 오래전부터 거기에 있었다는 소문이 돌았다. 즉 호스로-미르자**가 아직 거기에 살 때에도 자연의 이 이상한 장난에 놀랐다는 것이다. 의대 외과 학생들 몇몇이 그곳에 왔다. 어떤 유명하고 존경할 만한 귀부인은 그녀의 아이들에게 이 보기 드문 현상을 보여달라고, 그리고 만약 가능하다면 청소년들을 위한 교훈적이고 유익한 설명도 원한다는 내용의 특별한 편지를 써서 공원 관리인에게 부탁했다.

큰 파티에 반드시 참석해야 하는 상류 사회 사람들, 부인들을 웃기길 좋아하지만 때마침 소재가 딱 떨어진 사람들은 모두 이 사건에 굉장히 기뻐했다. 소수의 존경받을 만하고 선량한 사람들은 큰 불만을 표했다. 한 신사는 분개하여 오늘날과 같은 계몽된 시기에 황당무계한 거짓말이 어떻게 확산될 수 있는지 이해할 수 없다고, 정부는 이것에 왜 관심을 갖지 않는지 놀랍다고 말했다. 보건대 이 신사는 정부

* 예카테리나 2세 시기 국가 관료이자 군인인 그리고리 포 킨(1739~1791)의 영지 내에 있는 정원으로 포 킨이 타브리체스키 공작의 칭호를 받은 것에서 그 명칭이 유래했다.
** 호스로-미르자(1811~1883)는 페르시아 카자르 왕조 압바스-미르자의 일곱 번째 아들이다. 1829년에 러시아 외교관이자 극작가인 알렉산드르 그리보예도프가 테헤란의 대사관에서 폭도들에 의해 살해된 사건에 대한 외교적 사과의 형식으로 페테르부르크에 왔고 타브리체스키 궁전에서 살았다.

가 모든 일에, 심지어 아내와의 일상적인 다툼에도 개입하길 원하는 사람들에 속하는 것임이 분명했다. 그 후… 그러나 여기서 다시 모든 사건이 안개에 가려져서 그다음 무슨 일이 있었는지는 전혀 알려져 있지 않다.

III

이 세상에는 정말로 말도 안 되는 일이 일어나곤 한다. 가끔 전혀 그럴싸하지 않은 일이 일어나는 것이다. 5등관의 관직을 가지고선 마차를 타고 돌아다니며 도시에 큰 소동을 일으킨 그 코가 아무 일도 없었던 것처럼 갑작스레 제자리에, 코발툐프 소령의 두 뺨 사이에 와 있는 것이 바로 그것이다. 이 사건은 4월 7일에 일어났다. 잠에서 깨어 우연히 거울을 흘낏 보니 코가 보이는 것이다. 코다! 손으로 쥐어 보니 코가 틀림없다! "이럴 수가!" 이렇게 말한 코발툐프는 기쁨에 겨워 방 안을 돌아다니며 맨발로 트로팍*을 추려 했으나 이반이 들어와 방해했다. 그는 바로 세수할 물을 달라고 명했고 세수하면서 다시 한번 거울을 쳐다보았다. 코다. 수건으로 닦으면서 그는 또다시 거울을 쳐다보았다. 코다!

"이반, 좀 봐봐. 내 코에 뾰루지가 난 것 같은데."

---

* 우크라이나어로 트로팍(tropak), 러시아어로 트레팍(trepak)은 빠른 박자에 맞춰 발을 구르며 추는 러시아와 우크라이나의 전통 민속춤이다.

그는 이렇게 말하는 동시에 생각했다. '그런데 이반이 "아니요, 나리, 뾰루지뿐 아니라, 코도 없습니다!"라고 말하면 큰일인데.'

그러나 이반은 이렇게 말했다.

"아무것도, 그 어떤 뾰루지도 없습니다. 코는 깨끗해요!"

"아, 정말 좋군!"

혼잣말을 하며 소령은 손가락을 튕겼다. 그때 이발사 이반 야코블레비치는 문가에서 이 장면을 훔쳐보고 있었다. 그는 돼지비계를 훔쳐서 방금 매질을 당한 고양이처럼 겁을 먹은 상태였다.

"먼저 말해주게나, 손은 깨끗한가?"

멀리서 그에게 코발료프가 소리쳤다.

"깨끗합니다."

"거짓말!"

"정말 깨끗합니다, 나리."

"두고 보겠네."

코발료프는 앉았다. 이반 야코블레비치는 그의 얼굴을 천으로 덮고 순식간에 솔로 턱수염과 뺨 일부를 상인 집의

---

* 자신의 세례명을 가져온 성자의 기념일.

명명일*에 나오는 그림 범벅으로 만들었다.

"이럴 수가!"

코를 본 이반 야코블레비치는 중얼거렸고, 머리를 다른 쪽으로 기울인 후 옆에서 코를 보았다.

"이게 웬일이야! 정말 생각한 그대로네."

계속 혼잣말을 하며 그는 한참 코를 바라보았다. 마침내, 코끝을 잡기 위해, 할 수 있는 한 세심한 손길로 가볍게 두 손가락을 들어올렸다. 이것이 이반 야코블레비치의 방식이었다.

"자, 자, 자, 조심하라고!"

코발료프가 소리쳤다. 이반 야코블레비치는 두 팔을 떨구고 그런 적이 없을 정도로 당황하여 어찌할 바를 몰랐다. 결국 그는 조심스럽게 소령의 수염 밑으로 면도칼을 살짝 가져다 대었다. 신체의 후각기관을 잡지 않고 면도하는 것이 아주 불편하고 힘들었지만 자신의 꺼칠한 엄지손가락으로 그의 뺨과 아랫잇몸을 어찌어찌 받치면서 마침내 모든 장애를 극복하고 면도를 끝냈다.

모든 준비를 마친 코발료프는 바로 서둘러 옷을 입고 승용마차를 잡아타서는 곧장 제과점으로 갔다. 가게에 들어가면서 그는 아직 멀리서부터 크게 외쳤다. "얘야, 핫초

코 한 잔!" 그러고는 바로 거울로 향했다. 코는 있었다. 그는 쾌활하게 뒤로 돌아서서 조소하는 표정으로 눈을 가늘게 뜬 채 두 명의 군인을 보았는데, 그중 한 명의 코는 제아무리 커봤자 조끼 단추보다 크다고 할 수 없었다. 그 후 그는 부지사직 혹은 못해도 회계 감독관직을 얻고자 평소 분주히 돌아다녔던 어느 관청 부서로 향했다. 접견실을 지나가면서 그는 거울을 슬쩍 보았다. 코는 있었다. 그다음에는 비웃길 매우 좋아하는 다른 8등관 소령을 찾아갔는데 코발료프는 이 사람의 온갖 까칠한 언급에 자주 이렇게 대답하곤 했다. "그래, 난 자네가 독설가라는 걸 이미 알고 있으니까!" 가는 도중에 코발료프는 생각했다. '만약 소령이 나를 보고 폭소하지 않는다면 그건 이미 모든 것이 제자리에 있다는 믿을 만한 신호야.' 8등관은 별일 없이 대했다. '좋아, 아주 좋아!' 코발료프는 속으로 생각했다. 길에서 그는 영관급 장교 부인 포드토치나와 그 딸을 만나서 정중하게 인사를 했고 그들은 기쁜 환호로 그를 맞이했다. 이로 보아 아무 문제도, 손해도 없었다. 그는 그들과 한동안 이야기를 나누었고, 속으로 혼잣말을 하며 일부러 코담배를 꺼내 그들 앞에서 아주 오랫동안 양쪽 콧구멍에 채워 넣었다. '당신들, 이 암탉처럼 둔한 족속 같으니라고! 딸과는 여하튼 결혼 안 해. 소위 사랑 때문이니*, 미안하오.' 그 후 코발료프 소령은 아무 일도 없었던 것처럼 넵스키 대로며 극장이며 온갖 곳을 돌아다녔다. 그리고 코 역시 아무 일도 없었던 것처럼, 어디로든 도망칠 기색조차 보이지 않으면서 그의 얼굴에 달라붙어 있었다. 그 일이 있은 후 사람들은 코발료프 소령이 항상 기분 좋은 상태로 미소를 띠고서 예쁜 숙녀라면 예외 없이 따라다니는 모습을 보았다. 한 번은 고스티니 드보르**의 상점 앞에 멈춰서 무슨 이유에서인지 몰라도 어떤 훈장용 리본을 사는 것을 보았는데, 왜냐하면 그는 어떤 훈장도 받은 적이 없었기 때문이었다.

바로 이것이 광활한 우리나라의 북쪽 수도에서 일어난 사건의 전모이다! 지금은 그냥 생각만 해봐도 이 사건에 부자연스러운 것이 수두룩함을 알 수 있다. 코가 초자연적으로 떨어져나가는 것, 그것이 5등관의 모습으로 여러 곳에 나타나는 것이 기이한 현상임은 차치하더라도 어째서 코발료프는 신문사를 통해 코에 대해 광고해서는 안 된다는 것을 깨닫지 못했을까? 여기서 나는 광고료가 비쌀 거라는

---

* 작품에서 코발료프는 'par amour'라는 프랑스어를 사용한다.
** 넵스키 대로에 위치한 상점들이 늘어선 거리로, 오늘날의 쇼핑몰과 비슷하다.

의미로 말하는 게 아니다. 그것은 터무니없는 말일뿐더러 나는 전혀 타산적인 사람이 아니다. 그러나 그렇게 하는 것은 무례하고 곤란하고 좋지 않다! 그리고 또 하나, 어떻게 코가 구운 빵 속에 있게 되었고, 이반 야코블레비치는 또 어떻게…? 아니, 난 이를 도무지, 결단코 이해할 수 없다! 그러나 가장 이상하고 무엇보다 이해할 수 없는 것은 어떻게 작가들이 이와 같은 사건을 주제로 삼을 수 있나 하는 것이다. 솔직히 말해서 이것은 정말 납득할 수 없는 것으로, 이는 사실… 아니, 아니, 전혀 이해할 수 없다. 첫째로 조국에 이익이 되는 게 결코 없다. 둘째로… 두 번째도 역시 이익이 되는 게 없다. 나는 뭐가 뭔지 정말 알 수가 없다…….

그런데 이 모든 것에도 불구하고 물론 하나, 둘, 셋 고려해나가다 보면 아마도 심지어… 허황된 일들이 일어나지 않는 곳이 대체 어디 있겠는가? 하여튼 잘 생각해보면 이 모든 이야기 속에는 확실히 무언가가 있다. 누가 뭐라고 해도 이와 비슷한 사건들이 이 세상에서 일어나곤 한다. 드물지만 일어나는 것이다.

외투

Шинель

◆

관청에… 그러나 어느 관청인지 말하지 않는 것이 더 낫다. 어느 관청, 연대, 사무실 등, 한마디로 관리 집단만큼 화를 잘 내는 곳은 없으니 말이다. 요즘에는 각 개인마저 자신이 당한 모욕을 사회 전체의 것으로 여긴다. 아주 최근에, 어느 도시인지 기억은 안 나지만 어떤 경찰서장으로부터 탄원서가 들어왔는데 그 문서에서 그는 국가의 법령들이 죽어가고 있다고, 자신의 신성한 이름이 굉장히 함부로 불리고 있다고 서술했다. 그리고 그 증거로 막대한 분량의 낭만적 작품을 첨부했는데 거기에는 열 쪽마다 경찰서장이 등장하고 심지어 어떤 곳들에서는 고주망태로 등장했다. 그러므로 모든 불쾌한 상황을 피하기 위해서 문제가 되는 관청을 우리는 '어느 관청'이라고 부를 것이다. 그런즉 '어느 관청'에 '어느 관리'가 근무하고 있었다. 이 관리는 매우 주목할 만하다고는 결코 말할 수 없는 바, 작은 키에 약간 얽은 얼굴, 불그스름한 머리카락, 그리고 심지어 눈에 띄

는 근시에다가 앞머리는 조금 벗겨지고 양 볼에는 주름이
자글자글하며 치질 걸린 사람의 낯빛을 하고 있었다. 어쩌
겠는가! 페테르부르크의 기후 탓인 것을. 관등에 대해 말
하자면(왜냐하면 가장 먼저 관등을 밝혀야 할 필요가 있기 때문
이다) 그는 만년 9등 문관으로, 잘 아시다시피 대들 수 없
는 자들만 상습적으로 짓눌러 칭송을 받는 온갖 작가들이
이 관등을 마음껏 놀리고 조롱한다. 관리의 성은 바시마츠
킨이었다. 이미 그 이름에서 이 성이 바시마크*에서 유래했
다는 게 보인다. 그러나 언제, 어느 시대에 어떻게 이 성이
바시마크에서 유래했는지에 대해서는 아무것도 알려진 바
가 없다. 아버지와 할아버지를 비롯해 처남까지, 모든 바시
마츠킨 씨들이 1년에 세 번 가량만 신발창을 갈면서 장화
를 신고 다녔다. 그의 이름은 아카키 아카키예비치였다. 독
자에게는 이 이름이 다소 이상하고 생경할 수도 있으나 굳
이 그런 이름을 찾아서 지은 것이 아니라 도무지 다른 이름
을 줄 수 없는 사정이 생겼던 터라 이런 일이 일어났다. 아
카키 아카키예비치는, 기억이 맞다면 3월 23일 저녁 늦게
태어났다. 고인이 된 그의 어머니는 관리의 아내로서 매우

---

* 바시마크(bashmak)는 남성용 단화, 반장화를 뜻한다.

착한 여자였고 으레 그렇듯 아기가 세례를 받게 하였다. 그의 어머니는 문을 마주보고 있는 침대에 누워 있었고, 그녀의 오른쪽에는 아기의 대부로서 세나트*의 계장으로 근무한 적이 있는 아주 훌륭한 사람 이반 이바노비치 예로시킨과 대모로서 경찰관의 아내이자 보기 드문 미덕을 지닌 아리나 세묘노브나 벨로브류시코바가 서 있었다. 그들은 산모에게 세 이름들 중 마음에 드는 하나를 고르라고 제안했다. 즉, 목키 혹은 솟시 또는 순교자의 이름을 따서 호즈다자트라고 부르라는 것이었다. "싫어요." 고인이 된 산모는 잠시 생각하고 나서 "무슨 이름이 그래요?"라고 말했다. 산모의 비위를 맞추기 위해 달력**의 다른 곳을 폈다. 다시 세 이름이 나왔으니 트리필리, 둘라 그리고 바라하시였다. "벌 받는 거로군." 노파가 말했다. "이름들이 다 왜 이 모양이야. 이런 이름들은 진짜 한 번도 들어본 적이 없어. 바라다트나 바루흐도 안 좋은 마당에 트리필리와 바라하시라니." 다시 한 장을 넘기니 파브시카히와 바흐티시가 나왔다. "아, 이제 알겠어." 노파가 말했다. "아이의 운명이 그런 거야. 만약 그

---

* 표트르 대제에 의해 만들어진 세나트(senat)는 러시아 제국에서 입법, 사법, 집행 기관의 역할을 했다.
** 여기서 달력은 성자의 이름과 축일 등이 적혀 있는 정교회 달력을 가리킨다. 아이에게는 자신이 태어난 날의 성자의 이름 또는 다른 성자들의 이름이 부여될 수 있다.

렇다면 아이 아버지의 이름으로 부르는 게 더 낫겠어. 아버지가 아카키였으니 아이도 아카키로 하자." 이렇게 해서 아카키 아카키예비치*가 나왔다. 아이는 세례를 받았다. 세례를 받을 때 아이는 울음을 터뜨렸고 마치 자신이 9등 문관이 될 것을 예감하듯 얼굴을 찡그렸다. 이렇게, 이런 식으로 모든 일이 일어난 것이다. 우리가 이 이야기를 하는 이유는 이 일이 전적으로 불가피하게 일어난 것이고, 다른 이름을 짓는 것이 완전히 불가능했음을 독자 스스로 알 수 있게 하기 위해서이다. 그가 언제 어느 시기에 관청에 입사했는지, 누가 그를 취직시켰는지는 아무도 기억하지 못한다. 부장과 국장이 계속 바뀌어도 사람들은 여전히 동일한 자리, 동일한 위치, 동일한 지위에서 문서를 정서하고 있는 관리인 그를 보았다. 그래서 그 후 사람들은 그가 이미 완전히 준비된 상태로, 즉 관리의 제복을 입고 머리는 벗겨진 채 이 세상에 태어난 게 분명하다고 믿게 되었다. 관청에서는 아무도 그를 존중하지 않았다. 그가 지나갈 때 경비원들은 자리에서 일어나지도 않았을 뿐더러 그저 접수실을

---

* 러시아인의 이름은 이름과 아버지의 이름에서 만들어지는 부칭父稱, 조상 대대로 내려오는 아버지의 성으로 이루어진다. 주인공의 경우, 아버지의 이름이 아카키인 고로 아이의 이름도 동일하게 아카키이고, 부칭은 이름 아카키에서 만들어져서 아카키예비치가 된 것이다. 즉 아이의 전체 이름은 아카키 아카키예비치 바시마츠킨이 된다.

지나쳐 날아가는 파리인 듯 그를 쳐다보지도 않았다. 상관들은 그를 차갑고 독재적으로 대했다. 부계장인가 하는 어떤 사람은 점잖은 사무에 흔히 하는 "정서해주십시오." 또는 "이거 재미있고 좋은 일거리네요." 또는 그 어떤 기분 좋은 말도 없이 그의 코 밑에 냅다 종이들을 들이밀었다. 그러면 그는 누가 자신에게 그것들을 주었는지, 그에게 그럴 권리가 있는지 살펴보지도 않고 단지 종이만 보고 받아서 곧바로 쓰기 시작했다. 젊은 관리들은 사무적인 기지를 십분 발휘하여 그를 조롱하고 농을 했다. 그 앞에서 그에 대해서 그리고 그가 사는 집주인인 칠십대 노파에 대해 온갖 꾸며낸 것들을 이야기했는데, 노파가 그를 때린다는 둥 언제 노파와 결혼하냐는 둥 놀리며 눈이 온답시고 그의 머리 위로 종잇조각들을 뿌려대곤 했다. 아카키 아카키예비치는 이에 대해 마치 자신 앞에 아무도 없는 듯 그 어떤 대응도 하지 않았다. 심지어 이것은 그의 일에 아무 영향도 주지 않았다. 이 모든 소요 속에서도 그는 글자를 쓰는 데 단 하나의 실수도 하지 않았던 것이다. 다만 농이 참을 수 없을 만큼 지나치면, 즉 그의 팔 밑을 건드려서 그의 일을 방해하면 그는 다음과 같이 말했다. "날 내버려두시오. 어째서 당신은 저를 괴롭히는 겁니까?" 그가 하는 말과 목소리에는 어떤 이상한 것이 있었다. 그 속에는 연민을 불러일으키는 무언가가 있었기 때문에 얼마 전에 입사하여 다른 사람들의 본보기대로 그를 비웃었던 어떤 젊은이는 무언가에 관통당한 듯 돌연 멈추었고 그때부터 그에게는 모든 것이 변해서 다르게 보이는 것 같았다. 어떤 괴상한 힘이 한때는 괜찮고 세련된 사람이라고 생각해서 사귀게 된 동료들로부터 그를 멀어지게 했다. 그 이후로도 그는 오랫동안 가장 즐거운 순간에도 "날 내버려 두시오. 어째서 당신은 저를 괴롭히는 겁니까?"라고 심장을 관통하는 듯한 말을 하는 이마가 벗어진 작은 관리가 생각났고, 이 관통하는 듯한 말 속에서는 "나는 너의 형제다."라는 또 다른 말이 울려 퍼졌다. 그러면 가련한 젊은이는 손으로 얼굴을 가렸고, 그 후 살아가면서 인간의 내면에 비인간적인 것이 얼마나 많은지, 세련되고 우아한 태도 속에, 아아, 심지어 고상하고 정직하다고 인정받는 사람에게도 난폭한 무례함이 얼마나 많이 감추어져 있는지를 보면서 수차례 몸서리를 쳤다.

자신의 직무에 그토록 푹 빠져 사는 사람을 어디서 찾을 수 있을까. 열심히 일했다고 말하는 것만으로는 부족하다. 아니, 그는 애정을 갖고 근무했다. 여기, 이 정서 일에서 그는 자신만의 각양각색의 유쾌한 세계를 보았고, 그의 얼굴에는 만족감이 떠올랐다. 말하자면 그의 마음에 드는 어떤 글자들이 있었는데, 그 글자들을 만나게 되면 그는 어찌할 바를 몰랐다. 애써 참아가며 웃는가 하면 눈을 끔뻑거리기도, 입술로 따라 읽기도 해서 그의 펜이 써나가는 모든 글자를 그의 얼굴에서 읽을 수 있을 것 같았다. 만약 그의 열성에 걸맞은 상을 준다면 그 자신도 깜짝 놀라겠지만 그는 5등 문관까지도 될 수 있을 것이다. 그러나 그의 신랄한 동료들이 말하듯 근무로 인해 그가 얻은 것이라곤 배지*와 치질이었다. 그렇다고 그에게 관심을 주는 이가 아무도 없었다고 말해서는 안 된다. 그의 오랜 근무에 대하여 상을 주길 원하는 어느 선량한 국장이 그에게 평범한 정서보다 더 중요한 일을 주라고 지시했다. 그리하여 이미 준비된 서류를 가지고 다른 관청으로 보낼 무슨 보고서를 만들도록 그에게 지시가 내려졌다. 겉장의 제목을 바꾸고 어떤 곳의 동사를 1인칭에서 3인칭으로 바꾸기만 하면 되는 일이었다. 그런데 이것은 그에게 너무 힘든 일이어서 그는 온몸이 땀으로 흠뻑 적었고 이마를 문지르다가 결국 이렇게 말했다. "못하겠습니다. 무언가 정서할 것을 제게 주시는 게 더 좋겠

---

* 여기서 배지(badge, 휘장 또는 표장)는 열심히 근무한 이에게 주는 일종의 훈장이다.

어요." 그 후 그에게는 늘 정서 업무가 맡겨졌다. 정서 외에 그에게는 그 어떤 것도 존재하지 않는 듯했다. 그는 자신의 의복조차 전혀 신경 쓰지 않았다. 그의 제복은 녹색이 아니라 파슬파슬 얼룩진 주홍색이었다. 제복의 옷깃은 좁고 낮아서 그의 목이 길지 않았음에도 옷깃 위로 목이 튀어나와 그의 머리는 마치 러시아에 온 외국 상인들이 머리 위에 수십 개씩 이고 나르는, 그 머리가 이리저리 흔들리는 고양이 석고상의 머리 같았다. 그리고 그의 제복에는 항상 무엇인가가 달라붙어 있었다. 마른 풀 조각이라든지 무슨 실 같은 것 말이다. 게다가 그는 특별한 재주를 갖고 있었는데 길을 걷다가 마침 창문에서 온갖 쓰레기를 내던지는 바로 그 순간 창문 아래를 지나갔기 때문에 그는 모자 위로 항상 수박이나 참외 껍질, 그와 비슷한 찌꺼기들을 지고 다녔다. 꿰뚫어 보는 듯한 예리한 눈썰미를 가진 젊은 그의 동료 관리가 맞은편 인도에 있는 누군가의 바지 솔기가 터진 것을 알아채고 음흉한 조소를 짓는 그 거리에서 무슨 일이 벌어지고 하루가 어떻게 흘러가는지, 그는 살면서 단 한 번도 신경 쓰지 않았다.

그러나 아카키 아카키예비치는 무엇을 보든 간에 그 모든 것 위에서 자신이 가지런한 필체로 정갈하게 정서한 글

줄들을 보았고, 어디서 왔는지 모를 말 한 마리가 갑자기 그의 어깨에 머리를 얹고 그의 뺨에 콧구멍으로 콧바람을 가득 불어 넣을 때에야 비로소 자신이 글줄들 한가운데가 아닌 거리 한복판에 있음을 알아차렸다. 집으로 와서 동일한 시간에 탁자 앞에 앉아 급히 수프를 퍼먹고 양파를 곁들인 소고기 조각을 먹으면서도 무슨 맛인지 인식하지 못한 채 파리든 뭐든 그때 함께 있는 모든 것들을 전부 먹어 치웠다. 배가 부르기 시작한다고 느끼면 식탁에서 일어나 잉크가 들어 있는 작은 병을 꺼내서 집으로 가져온 문서를 정서하곤 했다. 정서할 일이 없으면 자기만족을 위해 사본을 만들었는데 문서의 문체가 아름다워서라기보다는 문서가 새로운 사람이나 중요한 사람에게 갈 때 그러했다.

페테르부르크의 회색 하늘이 어둠 속으로 완전히 사라지고 모든 관리 집단이 각자 받는 봉급과 기호에 맞게 배불리 식사를 마치는 그때, 관청에서 펜을 끄적거리는 소리, 자신과 타인의 불가피한 업무들로 인한 분주함, 활력 넘치는 관리가 자발적으로 필요 이상으로 떠맡은 업무 등 이 모든 것이후 다들 휴식을 취하는 그때, 관리들은 남은 시간 동안 향락을 즐기고자 분주해진다. 보다 원기 왕성한 이는 극장으로 질주한다. 누군가는 모자 아래 숙녀들의 얼굴을 보기로 결정하고는 거리로 내달렸다. 어떤 이는 작은 관리 사회의 인기인이 된 어느 예쁜 아가씨에게 찬사를 바치며 시간을 보내려 야회로 간다. 다른 이는, 이게 가장 흔한 경우인데, 3층이나 4층에 있는, 크지 않은 방 두 칸과 현관방 또는 주방에 많은 것을 희생하고 저녁과 유흥을 포기한 대가로 얻은 유행하는 전등 혹은 작은 소품들이 있는 동료의 집으로 간다. 한마디로 모든 관리들이 자기 지인들의 작은 집으로 카드놀이를 하러 흩어져 눅눅해진 마른 빵과 함께 차를 홀짝이고 긴 담뱃대에서 연기를 내뿜으며 카드 패를 돌리는 시간에, 러시아 사람이라면 그 어떤 상황에서도 결코 거절할 수 없는 소재, 즉 상류사회에서 흘러온 유언비어를 이야기하거나 정녕 얘깃거리가 떨어지면 팔코네 동상*의 말 꼬리가 잘렸다는 보고를 받은 사령관에 대한 오래된 일화를 되풀이하는, 한마디로 모두가 즐겁게 시간을 보내려고 할 때, 아카키 아카키예비치는 그 어떤 오락에도 몰두하지 않았다. 따라서 그 누구도 언젠가 어느 야회에서 그를 보았다고 말할 수가 없었다. 그는 만족할 만큼 실컷 쓰고 나서

---

* 팔코네 동상은 페테르부르크의 원로원 광장 끝 네바강변 쪽에 위치한, 말 탄 표트르 대제의 동상인 '청동 기마상'을 가리킨다. 이 기마상은 표트르 대제를 기념하기 위해 예카테리나 대제의 명령으로 프랑스의 조각가 팔코네(E. Falconet)가 제작했다.

는 '내일 신은 무슨 정서를 주실까?' 하고 내일을 생각하며 미소 띤 얼굴로 잠자리에 들었다. 400루블의 봉급을 받으며 자신의 운명에 만족할 수도 있었을 어느 한 사람의 평화로운 삶은 그렇게 흘러갔고, 아마도 이렇게 살면서 아주 고령의 나이에까지 다다를 수도 있었을 것이다. 9등관뿐 아니라 3등관과 7등관을 비롯한 모든 문관, 하물며 그 누구에게 보고를 하지도, 받지도 않는 사람들의 삶의 여정에 산재하는 여러 불행들이 없었다면 말이다.

페테르부르크에는 400루블 혹은 그와 비슷한 연봉을 받는 모든 이들의 강력한 적이 있다. 이 적은 다름 아닌 우리 북쪽의 혹독한 추위인데 사람들은 이것이 건강에 매우 좋다고 말한다. 아침 여덟 시와 아홉 시 사이, 거리가 관청으로 가는 사람들로 뒤덮이는 바로 이 시간에 그것은 가리지 않고 모든 사람의 코끝을 강하고 매섭게 후려쳐서 불쌍한 관리들은 코를 어디에 감추어야 할지 도무지 알지 못한다. 높은 직책을 가진 이들조차 혹한으로 인해 이마가 아프고 눈에서 눈물이 나오는 이때, 불쌍한 9급 관리들은 때로 고립무원의 상태에 처하곤 한다. 이들이 할 수 있는 거라곤 얄팍한 외투 나부랭이를 구원 삼아 입고 대여섯 거리를 가능한 빨리 뛰어가, 관청까지 오면서 얼어붙은 능력과 재능이 직무를 수행할 수 있게 녹도록 수위실에서 발을 충분히 동동 구르는 것밖에 없다. 아카키 아카키예비치는 자신에게 할당된 거리를 되도록 빨리 뛰어가려고 노력했지만 언제부터인지 특히 등과 어깨가 강렬하게 타는 듯 느껴지기 시작했다. 생각 끝에 마침내 그는 자신의 외투에 어떤 결함이 있을 거라고 결론 내렸다. 집에서 외투를 꼼꼼히 살펴본 그는 등과 어깨 쪽 두세 군데가 확실히 성글어 있음을 발견했다. 바람이 새어 들어올 정도로 나사천이 닳았고 안감은 너덜너덜했다. 여기서 알아야 할 것은 아카키 아카키예비치의 외투 또한 관리들의 놀림거리였다는 사실이다. 외투라는 고상한 이름도 걷어내고 사람들은 그것을 실내 가운이라고 불렀다. 사실 그것의 형태는 기이해져 있었다. 옷깃은 매년 점점 줄어들었는데 외투의 다른 부분에 덧대는 용도로 사용되었기 때문이었다. 이렇게 덧댄 곳에서 재봉사의 솜씨는 보이지 않았고 그래서 외투는 헐렁하고 꼴사나웠다. 어디에 문제가 있는지를 파악한 아카키 아카키예비치는 뒷문 계단을 통해 들어가는 4층 어딘가에 사는 재봉사 페트로비치에게 외투를 가져가야겠다고 결심했다. 페트로비치는 애꾸눈에 얼굴에는 온통 곰보 자국이 있지만 관리들을 비롯한 다른 이들의 바지와 연미복을 아주 잘 수

선했는데, 취하지 않았을 때 그리고 머릿속에 다른 계획을 품고 있지 않을 때에 그러했다. 이 재봉사에 대해서 물론 많이 말할 필요는 없다. 그러나 이야기에서 모든 등장인물의 성격을 확실히 알 수 있도록 서술하는 것이 이미 관례인바, 우리도 여기에서 페트로비치에 대해 뭐든 말할 수밖에 없다. 처음에 그는 그냥 그리고리라고 불렸고 어느 지주댁의 농노였다. 농노해방증서를 받은 이후 페트로비치*라 불리기 시작했고 축일마다 술을 진탕 마셔댔는데 처음에는 큰 축일에 마시더니 그다음에는 그와 상관없이 달력에 십자가가 표시되어 있기만 하면 모든 교회 축일마다 폭음했다. 이런 면에서 그는 조상 대대의 관습에 충실했고 아내와 말다툼을 하면서 그녀를 세속적인 여자, 독일 여편네라고 불렀다. 이제 우리는 아내에 대해서 운을 떼었으니 그녀에 대해서도 두어 마디 할 필요가 있다. 그러나 유감스럽게도 그녀에 대해서 알려진 것은 적은바, 단지 페트로비치에게는 숄이 아닌 보닛을 쓰고 다니는 아내가 있다는 것뿐이다. 그녀는 예쁘진 않아서 어디에 자랑할 만한 수준은 아

---

* 농노 시절에는 그리고리란 이름으로, 농노에서 해방된 이후에는 부칭인 페트로비치로 불렸다는 의미이다. 관습적으로 농노는 보통 이름만으로 불리는 반면, 자유인(평민)은 이름과 부칭 또는 부칭으로 호명되었다.

닌 듯했다. 하지만 적어도 처음 그녀를 만났을 때, 그러는 이들이 근위병들밖에 없긴 하지만, 이들은 보닛 아래 그녀의 얼굴을 보고는 콧수염을 찡긋거리며 어떤 괴상한 소리를 내었다.

 페트로비치의 집으로 가는 계단을 공정하게 묘사하자면 그곳은 전부 물과 구정물로 젖어 있고 눈을 자극하는 알코올 냄새로 가득 차 있었는데, 이는 잘 알다시피 페테르부르크 건물의 뒷문 계단에 항상 존재하는 것들이었다. 이 계단을 오르면서 아카키 아카키예비치는 벌써부터 페트로비치가 얼마를 요구할지에 대해 생각했고 2루블 이상은 주지 않을 거라고 마음속으로 결심했다. 문은 열려 있었는데 왜냐하면 무슨 생선 요리를 하면서 바퀴벌레조차 보이지 않을 정도로 안주인이 부엌에서 연기를 너무 많이 피웠기 때문이었다. 아카키 아카키예비치는 심지어 여주인의 눈에도 띄지 않고서 부엌을 지나 마침내 방으로 들어갔고 거기에서 칠하지 않은 넓은 나무 탁자에 터키 파샤*처럼 양반다리를 하고 앉아 있는 페트로비치를 보았다. 그의 다리는 앉아서 작업하는 재봉사들이 그러하듯 맨다리였다. 가장 먼

* 파샤(pasha)는 오스만 제국의 문무 고관(총독, 장군 등)을 일컫는 존칭이다.

저 눈에 들어온 것은 아카키 아카키예비치가 익히 잘 알고 있는, 마치 거북이의 등껍질처럼 두껍고 단단하고 흉한 발톱이 있는 커다란 발가락이었다. 페트로비치의 목에는 명주 실타래가 걸려 있었고 무릎에는 누더기 같은 것이 있었다. 그는 이미 3분 동안 바늘귀에 실을 꿰려 했지만 들어가지 않았던 탓에 어두운 것에, 심지어 실에도 매우 화가 나서 낮은 목소리로 으르렁거리고 있었다. "들어가지 않잖아, 이 미개한 것. 날 괴롭히고 있어, 이 악당이!" 아카키 아카키예비치는 바로 이 순간, 페트로비치가 화가 나 있을 때 들어오게 되어 기분이 좋지 않았다. 그는 페트로비치의 기세가 어느 정도 이미 꺾여 있었을 때, 그의 아내의 표현을 빌리자면 이 애꾸눈 악마가 싸구려 곡주처럼 가라앉아 있을 때 페트로비치에게 무언가 주문하는 것을 좋아했다. 이런 상태의 페트로비치는 보통 아주 기꺼이 양보하고 승낙했으며 매번 몸을 숙여 인사까지 하며 고마워했다. 그러고 나면 으레 그의 아내가 와서 남편이 술에 취해 싼 가격으로 일을 맡는다고 한탄했다. 그러나 10코페이카 은화 하나만 더 주면 만사가 순조롭게 끝났다. 지금 페트로비치는 술에 취한 상태가 아닌 듯했고 그래서 무뚝뚝하고 완고한 그가 얼마나 비싼 값을 부를지 몰랐다. 아카키 아카키예비치는 이를 눈치채 물러서고 싶었지만 이미 일은 시작되었다. 페트로비치는 하나밖에 없는 자신의 눈을 가느다랗게 뜨고는 그를 뚫어지게 바라보았고, 아카키 아카키예비치는 자기도 모르게 말을 내뱉었다.

"안녕, 페트로비치!"

"안녕하십니까, 나리."

페트로비치는 말하고 나서 그가 무슨 종류의 벌이를 가져왔는지 살펴보려고 아카키 아카키예비치의 손을 곁눈질했다.

"여기 자네에게 내가, 페트로비치, 맡길 게 그러니까……."

알아야 할 것은 아카키 아카키예비치가 말할 때 주로 전치사, 부사, 그리고 그 어떤 의미도 없는 소사小詞들을 사용했다는 것이다. 만약 곤란한 일이면 그는 상습적으로 문장을 끝내지도 않았고, "그건 사실 완전히 그러니까……."와 같은 단어들로 꽤 자주 말을 시작한 다음 아무 말도 못해서 그 자신조차도 스스로가 다 말했다고 생각하면서 하던 말에 대해 잊곤 했다.

"그건 뭡니까?"

페트로비치는 이렇게 말하는 동시에 하나밖에 없는 눈으로 그의 제복 전체를, 옷깃부터 시작하여 소매까지, 등,

옷자락, 단춧구멍, 그 자신의 작품이므로 그가 매우 잘 알고 있는 전부를 죽 훑어보았다. 재봉사의 버릇이었다. 이것이 그가 사람을 처음 만났을 때 하는 행동이었다.

"그런데 내가 그러니까, 페트로비치… 외투를, 나사羅紗를… 여기 보다시피 다른 곳은 전부 견고한데, 나사에 약간 먼지가 껴서 더러워진 것처럼 보이지만 새 것이고, 여기 이 한 곳만 그게 조금… 등에 말이지, 어깨 한쪽이 좀 해졌고 여기 어깨가 약간 말이지, 보게나, 여기 이게 다야. 그러니 조금만 작업하면……."

페트로비치는 그 가운을 가져가 먼저 탁자에 펼친 후 오랫동안 관찰하다가 머리를 흔들었다. 그리고 얼굴이 있던 자리가 손가락으로 구멍이 뚫린 후 그곳을 사각형의 종이 쪼가리로 붙였던 터라 누군지 모를 어떤 장군의 초상화가 그려진 둥근 담뱃갑을 집으러 한 손을 창가에 뻗었다. 코담배 냄새를 맡고 나서 페트로비치는 가운을 양손 위에 펼쳐 빛에 대고 살펴보았고 다시 고개를 흔들었다. 그런 다음 안감을 위로 가도록 뒤집어서 찬찬히 살펴보곤 재차 고개를 흔들고 다시 종이 쪼가리가 붙여진 장군의 초상화가 있는 담뱃갑 뚜껑을 열어 담배를 코에 댄 후 뚜껑을 닫아 담뱃갑을 치우고 나서 마침내 말했다.

"아니요, 수선할 수 없습니다. 옷이 엉망이에요!"

이 말에 아카키 아카키예비치의 심장이 덜컥 내려앉았다. "무엇 때문에 안 된다는 건가, 페트로비치?" 그는 거의 아이가 애걸하는 듯한 목소리로 말했다. "어깨만 닳았을 뿐인데 말이야. 자네에겐, 자네에겐 천 조각도 있을 테고."

"물론 천 조각을 찾을 수 있죠, 천 조각이 있을 거예요." 페트로비치가 말했다. "그러나 꿰맬 수가 없어요. 옷이 완전히 상해서 바늘로 건들기만 해도 찢어질 겁니다."

"찢어지면 자네가 즉시 천 쪼가리를 대어 꿰매면 되지."

"천 쪼가리를 댈 수도, 그것을 고정할 수도 없어요. 옷이 너무 해졌거든요. 명목만 나사천이지 바람이 불면 사방으로 흩어져 날아갈 겁니다."

"어떻게든 붙여보게. 어떻게 정말 그러니까……!"

"안 됩니다." 페트로비치가 결연하게 말했다. "아무것도 할 수 없어요. 옷이 완전히 상했어요. 추운 겨울이 올 때이니 그것으로 발싸개나 만드는 게 나아요. 양말로는 따뜻하지 않으니까요. 독일 놈들이 돈을 더 많이 벌기 위해 이걸 고안해냈죠. (페트로비치는 독일인들을 비꼬길 좋아했다.) 새 외투를 하나 맞춰 입는 수밖에 없네요."

"새"라는 말에 아카키 아카키예비치의 눈이 캄캄해져 방

안에 있는 무엇이든 전부 그 앞에서 뒤섞였다. 그가 명료하게 볼 수 있는 단 하나는 페트로비치의 담뱃갑 뚜껑에 위치한, 얼굴 자리에 종잇조각이 붙은 장군뿐이었다. "어떻게 새걸?" 마치 아직 모든 것이 꿈속에 있는 듯 그가 말했다. "그걸 만들 돈이 내겐 없는데."

"네, 새 외투를요." 잔인할 정도로 평온하게 페트로비치가 말했다.

"만약 새 외투를 맞춰야 한다면, 그 외투는 그러니까……."

"즉 가격이 얼마냐는 거죠?"

"그렇다네."

"50루블 석 장에 좀더 얹어 주셔야겠는데요."

페트로비치는 이렇게 말하며 의미심장하게 입을 꾹 다물었다. 그는 강한 효과를 주는 것을 매우 좋아했고, 갑자기 상대를 아주 당황스럽게 만든 다음 당황한 상대가 그런 말을 듣고 나서 어떤 낯짝을 하는지 흘끔흘끔 쳐다보는 것을 즐겼다.

"외투 한 벌에 150루블이라니!"

가여운 아카키 아카키예비치는 소리를 질렀는데, 그가 항상 조용한 목소리로 말했기 때문에 이것은 아마도 그가 태어나고 나서 처음으로 내지르는 소리였을 것이다.

"네." 페트로비치가 말했다. "그리고 어떤 외투냐에 따라 다르죠. 만약 옷깃에 담비 가죽을 대고 비단 안감 모자를 달면, 200루블쯤 될 겁니다."

"페트로비치, 제발." 페트로비치가 한 말과 그 말의 결과를 다 듣지도, 들으려고도 하지 않으면서 아카키 아카키예비치가 애원하는 목소리로 말했다. "다만 얼마라도 더 입게 어떻게든 수선해보게."

"아니, 안 됩니다. 그러면 쓸데없이 일하면서 돈 낭비 하는 거예요." 페트로비치는 이렇게 말했고 그 말을 들은 아카키 아카키예비치는 완전히 낙담해서 밖으로 나왔다. 페트로비치는 자신의 체면을 떨어뜨리지 않고 재봉사의 위엄도 지켰다는 것에 만족하면서 의미심장하게 입을 꼭 다물고 일도 하지 않으면서 그가 떠난 후에도 오랫동안 서 있었다.

거리로 나온 아카키 아카키예비치는 마치 꿈속에 있는 듯했다. "어찌 이런 일이." 그는 혼잣말을 했다. "난 정말 일이 이렇게 될지 몰랐어. 이렇게 말이지……." 잠시 침묵한 후 그는 덧붙였다. "어떻게 이런 일이! 결국 이렇게 되었는데 나는 진짜 그렇게 되리라고는 전혀 예상 못했단 말이야." 다시금 오랜 침묵이 뒤따른 후 그가 말했다. "이렇게 되다니! 이 건 정말 예상치 못한 어떤 그러니까… 이건 결코… 어떻게 이런 상황이!" 이렇게 말한 그는 집으로 가는 대신 스스로 별다른 의심도 하지 않고 정반대 쪽으로 갔다. 길을 가는 도중에 굴뚝 청소부가 더러운 옆구리로 그를 치고 가서 그 의 어깨 전체가 거멓게 되었다. 공사 중인 건물 꼭대기에서 는 그의 머리 위로 모자 하나 정도 분량의 석회 가루가 쏟 아졌다. 아카키 아카키예비치는 이를 전혀 눈치채지 못했 고 미늘창을 옆에 세워 두고 코담배 통에서 꺼낸 담배를 굳 은살이 박인 주먹 위에 털어내고 있던 경찰과 부딪히고 나 서야 약간 정신을 차렸는데, 왜냐하면 경찰이 이렇게 말했 기 때문이었다. "내 낯짝에 뭘 들이미는 거야, 인도 안 보 여?" 이 말이 그로 하여금 주위를 둘러보고 집으로 방향 을 돌리게 했다. 그때서야 그는 정신을 가다듬으며 자신의 현재 상황을 명료하게 보았다. 토막 난 말들이 아니라 마 음속 내밀한 것에 대해 말할 수 있는 현명한 지인과 이야기 하듯 신중하고 솔직하게 혼잣말을 했다. "아냐." 아카키 아 카키예비치는 말했다. "지금 페트로비치와 말해서는 안 돼. 지금 그는 그러니까… 아내가 그를 때린 것 같아. 그러니까 일요일 아침에 그를 찾아가는 게 낫겠어. 전날인 토요일 이

후 그는 사팔뜨기가 되어 잠에 빠져 있을 거고 해장술을 마시고 싶어도 아내는 돈을 주지 않을 테니 이때 내가 그에게 10코페이카 은화 한 닢을 그 손에 쥐어주면 그는 고집 부리지 않을 거고 그러면 외투는 그러니까……." 이렇게 스스로 판단 내린 아카키 아카키예비치는 자신을 격려했고, 첫 번째 일요일이 되길 기다려 멀리서 페트로비치의 아내가 집에서 나가 어디론가 가는 걸 본 후 곧장 그에게로 갔다. 페트로비치는 토요일 이후 정말 눈은 사시가 될 정도로 풀리고 머리는 바닥을 향하고 있는 것이 비몽사몽했다. 그러나 그럼에도 불구하고 상황을 인식하자마자 마치 악마가 그를 쿡 찌르기라도 한 듯 말했다. "안 됩니다. 새 외투를 주문하세요." 아카키 아카키예비치는 여기서 10코페이카 은화를 그에게 밀어 넣었다. "감사합니다, 나리, 나리의 건강을 기원하며 술 한잔 마실게요." 페트로비치는 말했다. "낡은 외투는 신경쓰지 마세요. 아무 쓸모 없으니까요. 새 외투를 근사하게 지어 드릴 테니 여기에서 합의를 보도록 하죠."

아카키 아카키예비치는 다시 수선에 대해 말하려 했지만 페트로비치는 다 듣지도 않고 말했다. "새 외투를 반드시 지어 드릴 테니 저를 믿으세요. 최선을 다하겠습니다. 심지어 유행에 맞춰서 은도금한 버클로 옷을 잠글 수 있을 겁니다."

이 시점에서 아카키 아카키예비치는 새 외투 없이는 일을 절대 해결할 수 없다는 걸 알았고 완전히 의기소침해졌다. 정녕 어떻게, 무슨 돈으로 외투를 맞춘단 말인가? 물론 명절 포상금에 얼마쯤 기대볼 수 있지만 이 돈은 이미 예전에 향후 쓸 것에 따로 떼어 놓았다. 새 바지를 마련해야 하고 낡은 부츠 목에 새 가죽을 덧대느라 구두장이에게 진 오랜 빚도 갚아야 했으며 셔츠 세 벌, 그리고 지면에서 말하기는 망측하나 속옷 두 벌을 여자 재봉사에게 주문해야 했다. 한마디로 포상금 전부를 죄다 써버려야만 했고 만약 국장이 관대하여 포상금으로 40루블이 아니라 45루블 혹은 50루블을 책정한다 해도 어쨌든 외투를 맞출 돈으로는 바다 속 물 한 방울 정도의 푼돈이 남을 것이었다. 물론 그는 페트로비치가 변덕을 부리곤 해서 갑자기 과도한 금액을 부를 때가 있고 그러면 아내가 참지 못하고 이렇게 소리 지르는 것을 알고 있었다. "너, 정신 나간 거야, 이 바보야! 다른 때는 헐값에 일감을 가져오더니 이제는 악마에 홀려서 제값이 아닌 가격을 요구하네." 물론 그는 페트로비치가 80루블을 받고 일을 할 것이라는 것도 알았다. 그러나 대체 어디서 이 80루블을 가져온단 말인가? 그 반이라면 구할 수도 있을 것이다. 절반은 나타날 것 같다. 어쩌면 좀더 많을 수도 있다. 하지만 나머지 반은 어디서 가져온단 말인가…? 그러나 먼저 독자가 반드시 알아야 할 것이 있으니 절반이 어디서 생겼냐는 것이다. 아카키 아카키예비키는 매 지출액에서 2코페이카씩 따로 떼어 뚜껑에 돈을 넣을 수 있는 구멍이 뚫린, 열쇠로 잠그는 작은 상자에 넣어두는 습관이 있었다. 반년이 지나면 모은 동전들을 세어 은화 잔돈으로 바꾸었다. 그렇게 오래전부터 계속해와서 몇 년이 흐르니 모인 돈이 40루블이 넘었다. 그렇게 해서 수중에 절반이 있었던 것이다. 그러나 다른 절반은 어디서 가져올 것인가? 나머지 40루블을 어디서 가져온단 말인가? 아카키 아카키예비치는 생각에 생각을 거듭하다가 최소 1년만이라도 평상시의 지출을 줄이는 게 필요하다고 결정했다. 저녁에 마시는 차를 끊고, 저녁에 촛불을 켜지 않고 만약 필요하다면 여주인의 방에 가서 그녀의 촛불 근처에서 일하기로 결심했다. 거리를 걸을 때 가급적 더 가볍게 조심히 자갈길과 포장길을 밟기로, 거의 발끝으로 걷다시피 하여 신발 밑창이 빨리 닳지 않게 해야겠다고 결심했다. 속옷이 해지지 않게 하기 위해 세탁부에게 속옷을 가급적 덜 맡기기로 했고 집에 오면 속옷을 아끼기 위해 아주 예전에 아껴둔 오래된 면직 할라트* 하나만 걸치기로 했다. 사실을 말하자면 처음에 그는 이 제한에 익숙해지는 것이 조금 힘들었지만 그 후엔 어찌어찌 적응하여 순조롭게 되었다. 심지어 완전히 저녁을 굶는 습관도 들었다. 그 대신 자신의 영원한 이상인 미래의 외투에 대해 생각하면서 그것을 정신적 자양분으로 삼았다. 그때부터 그의 존재는 어쩐지 충만해졌다. 마치 결혼한 듯, 어떤 다른 사람이 그와 함께 존재하는 듯, 그 혼자가 아니라 어떤 상냥한 애인이 그와 함께 삶의 길을 함께 가기로 약속한 듯했는데, 이 애인은 다른 누구도 아닌 두툼한 목화솜과 해지지 않는 튼튼한 안감으로 만든 외투였다. 그는 어쩐지 더 생기가 돌았고 마치 자신의 목표를 이미 확고하게 수립한 사람처럼 더 자신만만한 성격이 되기까지 했다. 그의 얼굴과 행동에서 의심과 우유부단함, 한마디로 이리저리 흔들리는 애매모호한 특징들이 사라졌다. 그의 눈에서는 때로 불꽃이 일렁거렸고 머릿속에서는 '옷깃에 진짜로 담비 가죽을 대면 어떨까?' 하는 대담하고 용감한 생각들이 번뜩였다. 이런 상념들이 그를 부주의하게 만

* 할라트(halat)는 실크 혹은 면 재질의 헐렁하고 소매가 긴 가운으로 실내용 혹은 작업용이 있고, 스타일은 다르지만 남녀 모두 착용한다.

들었다. 한 번은 정서를 하면서 하마터면 실수를 할 뻔해서 주위에 들릴 정도로 "아이고!" 소리를 지른 후 성호를 그었다. 매달 적어도 한 번 나사천을 어디에서 사는 것이 나은지, 색깔은 뭐가 좋을지, 가격은 어느 정도로 할지 외투에 대한 말을 나누기 위해 페트로비치를 방문했고 조금 걱정스럽긴 했지만, 이것들을 다 구매하고 결국 외투가 완성될 거라고 생각하며 항상 만족하여 집으로 돌아왔다. 심지어 그가 기대했던 것보다 더 빨리 일이 진행되었다. 예상과 달리 국장은 아카키 아카키예비치에게 40루블이나 45루블이 아닌 60루블을 주었다. 아마 그는 아카키 아카키예비치에게 외투가 필요하다고 느꼈을 수도 있고 또는 저절로 그렇게 되었을 수도 있겠으나 이 일을 통해 뜻밖에도 여분의 20루블이 생겼다. 이러한 상황이 일의 과정을 단축시켰다. 또한 두세 달 동안 조금 굶으면서 아카키 아카키예비치는 대략 80루블을 모았다. 대체로 평온했던 그의 심장이 뛰기 시작했다. 첫날에 그는 페트로비치와 함께 상점에 갔다. 아주 좋은 나사천을 사게 된 것은 놀랄 만한 일이 아니었다. 그에 대해 이미 6개월 동안 생각했고 거의 한 달에 한 번 가격을 알아보러 상점에 들렀기 때문이었다. 그런 고로 페트로비치도 이보다 더 좋은 나사천은 없다고 말했다. 안감으로는 버

크림*을 골랐는데 페트로비치의 말에 의하면 질기고 튼튼할 뿐 아니라 명주보다 더 곱고 심지어 광택도 더 난다는 것이었다. 담비 가죽은 확실히 비쌌기 때문에 사지 않았다. 그 대신 멀리서 보면 항상 담비 가죽으로 보일, 상점에서 찾을 수 있는 가장 좋은 고양이 가죽을 선택했다. 솜을 누비는 작업이 많았던 터라 페트로비치는 꼬박 2주 동안 외투를 만들었는데, 이 작업이 없었다면 더 일찍 외투가 완성되었을 것이다. 품삯으로 페트로비치는 12루블을 받았고, 그 이하로는 절대 불가능했다. 모든 바느질 작업을 자잘한 이중 솔기로 해서 명주실로 꿰매었고, 그다음 매 솔기마다 페트로비치가 자신의 이로 깨물면서 여러 모양을 만들었기 때문이었다. 그날은… 정확히 어떤 날인지 말하기는 어려우나, 페트로비치가 마침내 외투를 가져온 그날은 틀림없이 아카키 아카키예비치의 생애에서 가장 경축할 만한 날이었다. 그는 외투를 아침에, 관청에 가기 직전에 가지고 왔다. 이미 매서운 추위가 시작되었고 더 추운 날씨가 위협하고 있었기 때문에 마침 외투를 입기에 더없이 적절한 날이었다. 페트로비치는 훌륭한 재봉사가 그러하듯 외투와 함께

---

* 버크럼(buckram)은 제본이나 양복의 심등에 사용하기 위해 아교를 빳빳하게 먹인 무명 혹은 아마포를 일컫는다.

나타났다. 그의 얼굴에는 아카키 아카키예비치가 한 번도 보지 못한 의미심장한 표정이 어려 있었다. 아마도 그는 자신이 큰일을 해냈음을, 그저 안감이나 대고 수선이나 하는 재봉사들과 새로 옷을 만드는 재봉사를 갈라놓는 심연을 돌연히 보여주었다는 사실을 극도로 느끼고 있는 듯했다. 그는 보자기용 손수건에서 외투를 꺼내었다. 이 손수건은 방금 세탁부가 가져온 것이었다. 그러고 나서 나중에 쓰려고 손수건을 접어 주머니에 넣었다. 그는 꺼낸 외투를 양손에 쥐고는 아주 의기양양하게 바라보았고 아카키 아카키예비치의 어깨에 매우 솜씨 있게 걸쳤다. 그런 다음 뒤에서 손으로 외투를 아래로 당겨서 주름을 펴 바로잡았다. 그 후단추를 채우지 않은 외투를 아카키 아카키예비치에게 걸쳤다. 나이가 있는 아카키 아카키예비치는 소매에 팔을 끼워 보고 싶었다. 페트로비치는 팔을 끼워 입는 것을 도와주었고 입고 보니 역시 훌륭했다. 한마디로 외투는 딱 맞았고 마침 시기적절했다. 페트로비치는 자신이 작은 거리에서 간판 없이 작업하고 있는 데다가 아카키 아카키예비치를 오랫동안 알아왔기 때문에 이렇게 싼 가격에 일을 한 것이라고, 만약 넵스키 대로의 재봉사들이라면 품삯으로만 75루블을 가져갔을 거라고, 기회를 놓치지 않고 말했다. 아카키 아카키예비치는 이 문제로 페트로비치와 시비를 가리길 원치 않았는데, 왜냐하면 허풍 떠는 걸 좋아하는 페트로비치가 비싼 값을 부를까 두려워서였다. 그는 돈을 지불하고 감사를 표한 후 새 외투를 입고 관청으로 향했다. 페트로비치는 그의 뒤를 따라 나와 거리에 서서 멀리서 외투를 한참 바라보았고 그다음에는 구부러진 골목길을 우회하여 다시 거리로 뛰어나와 자신의 외투를 다른 쪽, 즉 정면에서 재차 보기 위해 일부러 그쪽으로 갔다. 한편 아카키 아카키예비치는 한껏 들떠 걷고 있었다. 그는 자신의 어깨 위에 있는 새 외투를 매 순간 느꼈고 심적으로 만족하여 미소까지 몇 번 지었다. 두 가지 이유 때문에 그러했다. 하나는 외투가 따뜻해서였고, 다른 하나는 멋져 보여서였다. 어떻게 걸어가는지 전혀 인식하지도 못하고 있다가 정신을 차려보니 그는 어느 순간 관청에 있었다. 경비실에서 외투를 벗어 전체적으로 살펴본 후 경비에게 특별히 잘 보관해 달라며 맡겼다. 아카키 아카키예비치에게 새 외투가 생겼고 이제 실내 가운 같은 외투는 더 이상 존재하지 않는다는 사실을 관청 사람들 모두가 돌연 어떻게 알았는지는 모르는 일이다. 이를 알게 되자마자 사람들 전부 아카키 아카키예비치의 새 외투를 보러 경비실로 뛰어왔다. 사람들이 축하하고 인사를 건네기 시작하자 그는 처음에는 그저 웃기만 했으나 나중에는 부끄럽기까지 했다. 그에게 몰려온 이들 모두가 새 외투 턱을 내야 한다고, 적어도 모두에게 파티를 열어야 한다고 말하자 아카키 아카키예비치는 너무도 당황해서 어떻게 대답해야 할지, 무슨 구실을 붙여 거절해야 할지 몰랐다. 몇 분 후 얼굴이 온통 붉어진 그가 이것은 결코 새 외투가 아니라 낡은 외투라고, 꽤 순진하게 설득하기 시작했다. 결국 관리들 중 하나가, 부계장인가 하는 이가 자신은 조금도 거만한 사람이 아니고 자신보다 낮은 직책의 사람과도 교제함을 보여주려는 듯 말했다. "그럼 제가 아카키 아카키예비치를 대신하여 파티를 열 테니 오늘 차 마시러 저희 집에 오시길 부탁드립니다. 마침 공교롭게도 오늘이 제 명명일입니다." 관리들은 자연스럽게 즉시 계장을 축하했고 기꺼이 제안을 받아들였다. 아카키 아카키예비치는 변명을 대고 거절하려고 했지만 다들 그건 무례한 일이다, 창피하고 부끄러운 일이다, 라고 말해서 도저히 거절할 수가 없었다. 하지만 저녁에 새 외투를 입고 거닐 기회가 생길 거라는 것을 상기하자 그는 기분이 좋아졌다. 아카키 아카키예비치에게 이날은 하루 내내 성대한 축일이었다. 그는 매우 행복한 기분으로 집에 돌아와 외투를 벗어 다시금 감탄하면서 겉의 나사천과 안감을 감상한 후 외투를 벽에 조심스럽게 걸고는 비교하기 위해 완전히 너덜너덜해진 가운 같은 예전 외투를 일부러 끄집어내었다. 그는 옛 외투를 보고 웃어대기 시작했다. 하늘과 땅 차이였다! 저녁을 먹으면서 가운 같은 외투를 입었던 상황이 떠오르자마자 또다시 한동안 웃었다. 즐겁게 저녁 식사를 마친 후 쓸 것도, 쓸 종이도 없어서 어두워질 때까지 침대에 누워 빈둥거렸다. 그 후 지체하지 않고 옷을 입고 어깨에 외투를 걸치고는 거리로 나왔다. 초대한 관리가 사는 곳은 유감스럽게도 말할 수 없다. 기억이 우리를 심하게 배신하기 시작하고 페테르부르크에 있는 모든 것, 모든 거리와 건물들이 하나로 섞여 머릿속에서 뒤죽박죽이 되는 바람에 거기서 어느 것 하나 멀쩡한 모습으로 꺼내기가 굉장히 힘들다. 그럼에도 불구하고 적어도 분명한 사실은 관리가 도시에서 가장 좋은 곳에 살았고, 그래서 그곳은 아카키 아카키예비치의 집에서 꽤 멀었다는 것이다. 먼저 아카키 아카키예비치는 불빛이 별로 없는 어떤 황량한 거리들을 지나쳐야 했지만, 관리의 집이 가까워짐에 따라 거리들은 생기가 넘치고 사람들의 숫자는 많아졌으며 매우 환해졌다. 보행자들이 더 자주 보였고 아름다운 옷을 입은 숙녀들과 마주치기 시작했다. 옷깃에 비버 털이 달린 남자들도 보였고, 도금한 못을 박은 격자무늬 나무 썰매 마차를 끌고 가는 마차꾼들은 점점 드물게 마주 쳤다. 반면 래커칠을 하고 곰 가죽 덮개를 깐 썰매 마차를 모는 검붉은 비로드 모자를 쓴 마부들이 계속 눈에 띄었고, 잘 꾸며진 마부석이 있는 사륜마차는 새된 바퀴 소리를 내면서 눈 위를 질주했다. 아카키 아카키예비치는 마치 새로운 것을 보듯 이 모든 것을 보았다. 그는 벌써 몇 년 동안이나 저녁에 거리에 나가지 않았다. 그는 호기심이 발동하여 그림을 보려고 상점의 불 켜진 작은 창문 앞에 멈춰 섰는데, 거기에는 꽤 잘 빠진 한쪽 다리를 다 드러낸 어느 아름다운 여자가 구두를 벗고 있는 모습이 그려져 있었다. 그녀의 등 뒤에서는 구레나룻과 입술 밑에 뾰족한 수염을 근사하게 기른 어떤 남자가 다른 방의 문에서 머리를 내밀고 있었다. 아카키 아카키예비치는 고개를 저어가며 쿡쿡 웃은 뒤 가던 길을 갔다. 그가 왜 웃었을까. 아주 낯설지만 직감적으로 알 수 있는 어떤 것을 만나게 되어서, 혹은 다른 많은 관리들과 비슷하게 그 역시 "으이구, 프랑스인들이란! 두말할 필요도 없이 이들은 뭔가 원하는 게 있으면, 그걸 바로……."라고 생각해서 그랬을 수 있다. 아니면 아무런 생각도 안 했을 수도 있다. 사람의 마음속으로 기어 들어가서 그가 무슨 생각을 하는지 다 아는 것은 불가능한 일이다. 마침내 그는 부계장의 아파트가 위치한 건물에 도착했다. 부계장은 부유하게 살고 있었다. 계단에는 등불이 빛났고 아파트는 2층에 있었다. 현관에 들어선 아카키 아카키예비치는 마룻바닥에 있는 덧신 무더기를 보았다. 그 덧신들 사이로 사모바르*는 방 한가운데에서 끓는 소리를 내며 뭉게뭉게 김을 뿜어대고 있었다. 벽에는 온통 외투와 망토가 걸려 있었고, 개중에는 비버 털이나 비로드로 만든 옷깃이 달린 것들도 있었다. 벽 너머에서 들려오던, 와자지껄하게 떠들고 말하는 소리는 빈 유리잔, 크림 단지, 마른 빵 바구니가 올려진 쟁반을 든 하인이 문을 열고 나오자 돌연 명료하게 울려 퍼졌다. 보건대 관리들은 한참 전에 모여 첫 차 한 잔을 마신 듯했다. 손수 외투를 걸고 나서 아카키 아카키예비치가 방 안으로 들어오자 그의 앞에 촛불들과 관리들, 파이프, 카드용 탁자들이 일제히 나타났다. 사방으로부터 솟아올라 스쳐 지나가는 말소리와 의자들이 움직이면서 나는 소음에 그의 귀가 먹먹해졌다. 그는 무엇을 해야 할지 생각하느라 애쓰면서 방 한가운데에 그야말로 어색하

---

* 찻물을 끓이는 데 사용되었던 러시아의 전통적인 금속 주전자.

게 멈춰 섰다. 그러나 사람들이 벌써 그를 알아보고 소리치며 맞이했고 모두 바로 현관으로 와서 그의 외투를 또다시 구경했다. 아카키 아카키예비치는 약간 당황했지만 솔직한 사람인지라 모든 이들이 외투를 칭찬하는 것을 보자 기쁘지 않을 수가 없었다. 그 후에는 물론 다들 그와 외투를 내버려 두고 여느 때처럼 휘스트*용 탁자로 향했다. 이 모든 것, 시끌벅적한 소음, 말소리, 사람들 무리, 이 모두가 아카키 아카키예비치에게는 어쩐지 신기했다. 다만 그는 어떻게 처신해야 할지, 팔과 다리, 그리고 자신의 몸 전체를 어떻게 하면 좋을지 알지 못할 뿐이었다. 마침내 그는 카드놀이를 하는 사람들 곁에 앉아 카드를 들여다보거나 이 사람 저 사람의 얼굴을 찬찬히 보다가 얼마 후 지루함을 느꼈다. 그리고 그가 늘 잠자리에 눕는 시간이 이미 한참 지난 것을 알고는 하품을 하기 시작했다. 그는 주인과 작별인사를 하고 싶었지만 사람들은 새 옷을 기념하여 반드시 샴페인 한 잔을 마셔야 된다며 그를 놓아주지 않았다. 한 시간 후 샐러드, 차가운 송아지 요리, 파테**, 파이, 샴페인으로 구성된

---

* 네 명이서 플레이하는 카드 게임으로, 두 명씩 두 팀으로 나뉘어 승부를 겨룬다.
** 파테(pâté)는 고기나 생선을 곱게 다지고 양념하여 차게 해서 먹는 요리로 주로 빵 등에 발라 먹는다.

석찬을 내어왔다. 사람들은 아카키 아카키예비치에게 샴페인 두 잔을 마시게 했다. 술을 마신 후 그는 방 안 분위기가 더 유쾌해졌다고 느꼈지만 그래도 이미 열두 시이고 집에 갈 시간이 훌쩍 지났다는 사실을 결코 잊지 않고 있었다. 주인이 어떻게든 자신을 붙잡지 않도록 그는 조용히 방에서 나와 현관에서 외투를 찾다가 안타깝게도 바닥 위에 놓여 있는 외투를 보았고, 흔들어 먼지를 털어낸 후 어깨에 걸치고 계단을 내려가 거리로 나갔다. 거리는 아직 여전히 환했다. 작은 가게들, 하인들과 온갖 사람들이 드나드는 그 변함없는 클럽의 문은 열려 있었고, 문이 닫힌 다른 가게들로부터는 문틈마다 긴 빛줄기가 새어 나오고 있었다. 이는 아직 안에 사람들이 있다는 것을, 아마도 부잣집 하녀 혹은 하인들이 아직 수다를 다 못 끝냈고 주인들은 그들의 행방을 알지 못해 당황하고 있다는 것을 의미했다. 아카키 아카키예비치는 유쾌한 기분으로 걸어가다가 온몸을 기이하게 움직이며 번개처럼 쏜살같이 옆으로 지나가는 어느 숙녀의 뒤를 따라 이유 없이 갑자기 뛰기도 했다. 그러나 곧 멈췄고 어디서 그런 원기가 생겼는지 그 자신조차도 알지 못하는 것에 놀라면서 다시 이전처럼 아주 조용히 걷기 시작했다. 오래지 않아 그의 앞에는 텅 빈 거리들이 길게 늘어섰는데 낮에도 그리 기분 좋은 거리가 아니었기에 하물며 밤에는 더욱 그랬다. 지금 그 길들은 한층 더 황량했고 적적했다. 가로등은 아주 간혹 깜빡거렸는데, 필시 남은 기름이 적은 듯했다. 목조 건물들과 담장들이 있었다. 그 어디에도 사람들은 없었다. 반짝이는 것이라고는 거리에 쌓인 눈뿐이었고 덧창을 닫은 채 잠에 빠진 낮은 오두막들은 처량할 정도로 거뭇거뭇했다. 그는 맞은편 집들이 거의 보이지 않을 정도로 끝이 없는, 궁벽한 황야처럼 보이는 광장을 따라 길이 끊어지는 곳에 다다랐다.

어딘지 모를 먼 곳에 위치한, 세상 끝에 서 있는 듯 보이는 어떤 초소에서 불빛이 반짝였다. 아카키 아카키예비치의 즐거운 기분은 여기서 어쩐지 상당히 시들해졌다. 마치 심장이 무언가 좋지 않은 것을 예감이라도 한 듯 그는 어떤 본능적인 두려움에 사로잡혀 광장에 들어섰다. 그는 뒤쪽을 비롯하여 사방을 돌아보았다. 딱 바다에 둘러싸인 듯했다. '아니, 안 보는 게 더 낫겠어.' 이렇게 생각하고 눈을 감고 걷다가 광장의 끝에 도달했는지 보려고 눈을 떴을 때, 그는 자신의 코앞에 콧수염을 기른 사람들이 서 있는 것을 돌연 보았지만 이들이 누구인지는 분간할 수 없었다. 그는 눈앞이 캄캄해졌고 심장이 두근거렸다. "그 외투는 내 거야!" 그들 중 하나가 그의 외투를 움켜쥐며 우레 같은 목소리로 말했다. 아카키 아카키예비치가 '사람 살려'라고 외치려는 찰나 다른 사람이 관리의 머리만큼 거대한 주먹을 그의 입에 바싹 들이대며 "소리치기만 해봐!"라고 덧붙였다. 아카키 아카키예비치는 그들이 자신에게서 외투를 벗겨가고 무릎으로 차는 바람에 눈 위에 자빠지는 것만 느꼈을 뿐, 그 후에는 더 이상 아무것도 지각하지 못했다. 몇 분 후 그는 정신이 들어 일어났지만 이미 아무도 없었다. 허허벌판에서 추위를 느끼고 외투가 없음을 깨닫자 소리를 지르기 시작했으나 광장 끝까지 목소리가 도달할 것 같지는 않았다. 절망에 빠진 그는 쉬지 않고 소리를 지르며 곧장 초소를 향해 광장을 가로질러 달렸는데, 초소 옆에서 미늘창에 기대어 서 있던 보초는 도대체 어떤 인간이 저 멀리에서 그를 향해 소리지르며 달려오나 알고 싶은 마음에 호기심 어린 눈으로 그를 지켜보고 있었다. 보초에게 도달한 아카키 아카키예비치는 숨 가쁜 목소리로 자느라 아무것도 못 봤느냐, 사람이 강도를 당하는 것도 보지 못 했느냐고 소리 질렀다. 보초는 아무 것도 못 봤다, 광장 가운데에서 어떤 두 사람이 그를 멈춰 세우는 걸 보고 친구들인가 보다, 생각했다고 대답했다. 그리고 쓸데없이 욕설만 퍼붓지 말고 내일 경감을 찾아가 외투를 가져간 사람에 대해 경감이 수색하게 하라고 했다. 아카키 아카키예비치는 끔찍한 상태로 집에 돌아왔다. 관자놀이와 뒤통수의 많지 않은 머리카락은 제멋대로 헝클어져 있었다. 옆구리와 가슴, 그리고 바지는 온통 눈투성이였다. 그가 사는 아파트의 주인 노파는 문을 무섭게 두드리는 소리를 듣고는 서둘러 침대에서 벌떡 일어나 한쪽 발에만 신발을 신고 한 손으로는 정숙하게 자신의 나이트가운의 가슴 부분을 쥔 채 문을 열러 달려 나갔다. 그러나 문을 열고 이런 몰골의 아카키 아카키예비치를 보자 뒤로 물러섰다. 아카키 아카키예비치가 자초지종을 말하자 그녀는 손뼉을 치면서 곧장 경찰서장에게 가야 한다고, 파출소장은 거짓말이나 하고 약속한 다음 이리저리 돌아다니게 할 거라고 했다. 그런즉 바로 경찰서장에게 가는 게 더 낫고, 심지어 자신이 경찰서장과 아는 사이라고 했다. 왜냐하면 전에 자신의 요리사로 일했던 핀란드 여자 안나가 지금은 경찰서장 댁에서 보모로 일하고 있고, 서장이 마차를 타고 그들이 사는 집을 지나가는 것을 본인이 자주 보았다고 했다. 또 매주 일요일마다 서장이 교회에서 기도하면서 주변 사람들 모두를 흔연히 바라보고, 그렇기 때문에 이 모든 것으로 미루어 볼 때 그는 좋은 사람임에 틀림없다는 것이었다. 이러한 해결방안을 다 들은 아카키 아카키예비치는 슬픔에 잠겨 자신의 방으로 간신히 걸어 들어갔다. 그 방 안에서 어떻게 밤을 보냈는지는 어느 정도 다른 사람의 처지에 설 수 있는 사람이라면 상상할 수 있을 것이다. 이른 아침 그는 경찰서장에게로 갔다. 그러나 자고 있다고 했다. 10시에 갔는데 자고 있다고 재차 말했다. 11시에 가니 경찰서장이 집에 없다고 했다. 점심시간에 갔으나 서기들이 현관에서 그를 들여보내려 하지 않으면서 무슨 일로, 무슨 필요에 의해 왔는지, 무슨 일이 일어났는지 끊임없이 알고 싶어 했다. 그래서 결국 아카키 아카키예비치는 난생처음 성깔을 보여주고 싶어서 개인적으로 경찰서장을 볼 필요가 있다고, 그들이 감히 자신을 들여보내주지 않고 있는데 자신은 공적인 일로 부서에서 왔기에 그들을 고발할 테니 두고 보자고 단호히 말했다. 이 말에 서기들은 찍소리도 하지 않았고 그들 중 하나가 경찰서장을 부르러 갔다. 경찰서장은 외투 강탈에 대한 이야기를 굉장히 기이하게 받아들였다. 일의 요점을 주목하는 대신 그는 아카키 아카키예비치에게 질문을 던지기 시작했다. 왜 그리 늦게 귀가했느냐, 어떤 점잖지 못한 곳*에 들르거나 머무

* 경찰서장이 말하는 '점잖지 못한 곳'은 사창가를 가리킨다.

른 게 아니냐는 질문에 아카키 아카키예비치는 완전히 당황해서 외투 사건이 적합한 절차를 밟게 될지 여부도 알지 못하고 그곳을 나오고 말았다. 이날 온종일 그는 관청에 나타나지 않았다(그의 일생에 처음 있는 경우였다). 다음 날 몹시도 창백해진 그는 더욱 애처롭게 보이는 자신의 가운 같은 오래된 외투를 입고 나타났다. 외투를 강탈당했다는 이야기는, 비록 그 기회를 놓치지 않고 아카키 아카키예비치를 비웃는 관리들도 있었지만, 많은 이들의 동정을 불러일으켰다. 사람들은 그를 위해 추렴하기로 결정했지만 보잘것없는 금액을 모았다. 왜냐하면 이외에도 관리들은 국장의 초상화를 예약 주문하고 부장의 권유로 그의 지인이 쓴 무슨 책 한 권을 사느라 이미 많은 돈을 썼기 때문이었다. 그렇기에 모은 돈은 지극히 소액이었다. 어느 한 사람이 동정심에 이끌려 하다못해 좋은 충고라도 해서 아카키 아카키예비치를 돕기로 결심했다. 그의 충고는 경찰서장이 상관으로부터 인정을 받으려고 어떻게든 외투를 찾겠지만 만약 외투가 그의 것이라는 법적인 증거들을 제시하지 않으면 외투는 계속 경찰서에 방치될 것이기 때문에 경찰서장에게 가지 말라는 것이었다. 가장 좋은 것은 '중요 인사'를 찾아가는 것으로 '중요 인사'가 응당 필요한 사람과 연락하고 교섭하여 사건을 더 성공적으로 해결할 수 있다고 했다. 어쩔 수 없이 아카키 아카키예비치는 '중요 인사'에게 가기로 결정했다. '중요 인사'의 지위가 무엇인지는 지금까지 알려진 바가 없다. 우리가 알아야 할 것은 '중요 인사'가 중요 인사가 된 것은 얼마 전의 일이고, 그 전까지는 별 볼 일 없는 사람이었다는 것이다. 게다가 지금 그의 자리는 다른 더 중요한 자리들과 비교해볼 때 중요하다고 할 수 없었다. 그러나 다른 사람들의 눈에는 중요하지 않은 것을 중요하다고 보는 그런 부류는 항상 있을 것이다. 그는 다른 많은 수단들을 동원하여 중요도를 높이려 노력했다. 예컨대 그는 집무를 보러 올 때 말단 관리들이 계단에서 자신을 맞이하도록 했다. 그 누구도 감히 바로 그에게 올 수 없고 대신 엄격한 절차를 거쳐야 했는데, 14등관은 12등관에게, 12등관은 9등관이나 다른 관리에게 보고를 했고 이런 식으로 그에게까지 용무가 도달했다. 이런 식으로 신성한 루스*에서는 모두가 모방에 전염되다 보니 누구나 자신의 상관을 흉내내고 모방하였다. 들은 바에 의하면, 심지어 어떤 9등관은 어느 작은 독립 부서의 책임자가 되자 그 즉시 칸막이를

---

* 보통 루스(Rus)는 고대 러시아 국가(키예프 루스)를 지칭한다. 문맥에서는 러시아를 의미한다.

쳐서 자신의 독자적인 방을 만들어 '집무실'이라고 부르면서 문가에는 금술과 붉은 깃이 달린 옷을 입은 안내인들을 두어서 그들로 하여금 문고리를 잡고 있다가 방문자들이 오면 열어주게 했는데, 그 '집무실'에는 평범한 책상 하나를 겨우 들여놓을 수 있었다. '중요 인사'의 절차와 방식은 권위적이고 위풍당당했지만 복잡하지는 않았다. 그의 체계를 지탱하는 토대는 엄격함이었다. "엄격, 엄격, 또 엄격"이라고 그는 일상적으로 말하곤 했고, 마지막 단어를 말할 때에는 자신이 말하는 상대의 얼굴을 아주 의미심장하게 쳐다보았다. 사실 그렇게 할 만한 별다른 이유는 없었는데, 왜냐하면 부서라는 정부 조직을 구성하는 십여 명의 관리들은 그렇게 하지 않아도 제대로 겁을 집어먹었기 때문이었다. 그가 멀리서 오는 걸 보면 하던 일을 이미 멈추고 차렷 자세로 일어서서 상관이 사무실을 지나갈 때까지 기다렸다. 그와 말단 관리들과의 일상적인 대화는 엄격한 느낌을 주었고, "당신 어떻게 감히 그럴 수가 있소?" "당신 누구와 말하고 있는지 알기나 하오?" "당신 앞에 서 있는 사람이 누구인지 알고는 있소?" 이렇게 거의 세 문장으로 이루어졌다. 사실 그는 마음씨가 착했고, 동료들에게 잘 대해주었으며 친절했다. 그러나 장군이라는 지위가 그를 완전히 혼란에 빠뜨렸다. 장군의 지위를 얻은 후 그는 이상하게도 왠지 모르게 혼란스러워졌고 어찌할 바 모르더니 어떻게 행동해야 할지 전혀 몰랐다. 자신과 비슷한 사람들과 함께 있으면 그는 응당 그러하듯 매우 고상한 사람이었고, 다른 많은 관계에서도 어리석은 사람이 아니었다. 그러나 자기보다 관등이 하나라도 낮은 사람들 무리에 있게 되면 그야말로 아주 형편없게 처신했다. 그는 침묵을 지켰고 그의 상황은 동정심을 불러일으켰는데, 그 스스로도 훨씬 더 좋은 시간을 보낼 수 있었을 거라고 느꼈기 때문에 더욱 그러했다. 가끔 그의 눈에서는 무엇이든 재미있는 대화나 무리에 합류하고픈 강한 열망이 보였으나 이것이 너무 과하지는 않을까, 허물없어 보이는 건 아닐까, 자신의 가치를 떨어뜨리는 건 아닐까라는 생각에 그 열망은 사그라졌다. 이런 판단의 결과 그는 단음절로 된 말들만 가끔 내뱉으며 항상 침묵을 고수했고 그래서 지루하기 짝이 없는 사람이라는 칭호를 획득했다. 이러한 '중요 인사'에게 우리의 아카키 아카키예비치가 나타난 것이다. 더군다나 아주 공교롭지 않은 때에 나타난바, 그 자신에게는 매우 알맞지 않은 때였으나 '중요 인사'에게는 마침 알맞은 때였다. 중요 인사는 자신의 집무실에 있었는데, 오랜 기간 동안 알고 지냈으나 몇 년 동안 보지 못하다가 방금 전 그를 찾아온 어린 시절의 친구와 아주 즐겁게 이야기를 나누고 있었다. 이런 와중에 어떤 바시마츠킨이란 사람이 찾아왔다고 그에게 보고한 것이다. "누구라고?" 그의 딱딱한 물음에, "어떤 관리랍니다."라는 대답이 돌아왔다. "아! 기다리게 하게. 지금은 시간이 안 돼." 중요 인사가 말했다. 여기서 언급해야 할 것은 중요 인사의 말이 새빨간 거짓말이라는 사실이다. 그에게는 시간이 있었고, 친구와 이미 오랫동안 모든 것에 대해 말했던 고로 한참 전부터 대화 속에 긴 침묵이 흐르는 가운데 서로 허벅지만 가볍게 토닥거리며 "그렇군, 이반 아브라모비치!" "그런 거야, 스테판 바를라모비치!"라고 말하고 있던 참이었다. 이런 상황에도 불구하고 그는 예전에 관직을 그만두고 오랫동안 시골에서 살고 있는 친구에게 대기실에서 얼마나 오랜 시간을 관리들이 기다리는지 보여주기 위해 관리에게 기다리라고 지시했던 것이다. 실컷 이야기를 하고 흡족한 상태로 말없이 한동안 있다가 등을 기댈 수 있는 매우 편한 안락의자에 앉아 양껏 담배를 핀 후에야 마침내 그는 갑자기 생각이 난 듯 보고서를 들고 문가에 서 있던 비서에게 말했다. "그래, 거기 관리가 서 있는 것 같은데 그에게 들어와도 된다고 말해주게." 아카키 아카키예비치의 온순한 모습과 낡은 제복을 본 중요 인사는 돌연 그를 향해 몸을 돌려 말했다. "뭐가 필요해서 온 것이오?" 무뚝뚝하고 단호한 그의 목소리는 현재의 직위와 장군 지위를 받기 일주일 전에 자신의 서재에서 홀로 거울을 보면서 사전에 일부러 익힌 것이었다. 아카키 아카키예비치는 벌써부터 겁을 집어먹고 다소 당황했다. 그의 혀가 자유롭게 움직일 수 있는 한 다른 때보다도 소사 "그러니까"를 더 자주 써가면서 외투가 완전 새것이었는데 잔인무도한 방식으로 강탈당해서 그에게 오게 되었다고, 그가 경찰국장이나 다른 누군가에게 탄원서를 써 줘서 외투를 찾을 수 있으면 한다고 털어놓았다. 장군에겐 왠지 모르게 이런 태도가 매우 허물없이 보였다. "귀하, 도대체 당신은." 그는 딱딱하게 말을 이었다. "절차를 모르는 것이오? 어디에 찾아온 것이오? 일이 어떻게 진행되는지 알지 못하는 것이오? 그것에 대해 당신은 먼저 관청에 청원서를 제출해야 하오. 그 청원서가 계장에게 가고, 그다음 부장에게 가고, 그다음 비서에게 전달되고 그러고 나서 이제 내게⋯⋯."

"하지만 각하." 아카키 아카키예비치는 방금 전까지 있었던 정신을 한 줌이라도 끌어모으려 애쓰면서, 동시에 땀이 엄청나게 흐르는 것을 느끼며 말했다. "제가 감히 각하에게

폐를 끼치는 이유는, 비서들이란 그러니까⋯ 믿을 만한 사람들이 못되고⋯⋯."

"뭐, 뭐, 뭐라고?" 중요 인사가 말했다. "당신은 대체 무슨 정신으로 이러는 것이오? 그런 생각은 어디서 나온 것이오? 상관과 윗사람들에 맞서는 이런 횡포가 젊은이들 사이에서 이렇게나 퍼져 있다니!" 중요 인사는 아카키 아카키예비치의 나이가 이미 오십이 넘었다는 사실을 인식하지 못하는 듯했다. 만약 그가 젊은이라고 불릴 수 있다면 이미 칠십이 된 사람과 비교할 때만 가능할 것이다. "당신이 지금 누구에게 말하고 있는지 알기나 하오? 당신 앞에 서 있는 사람이 누구인지 이해는 하는 거요? 당신 이걸 이해하기는, 알고는 있는 거요? 내가 지금 묻지 않소?" 이때 그는 발을 쾅쾅 굴렀는데 그 목소리가 너무도 커서 아카키 아카키예비치가 아닌 다른 누구라도 무서워할 정도였다. 아카키 아카키예비치 역시 실신할 지경이었고, 온몸을 떨면서 비틀거리는 바람에 제대로 서 있을 수가 없었다. 만약 이때 경비가 뛰어와 그를 잡아주지 않았더라면 그는 바닥에 털썩 쓰러졌을 것이다. 거의 움직이지 않는 그를 사람들이 데리고 나왔다. 한편 중요 인사는 기대했던 것 이상의 효과가 난 것에 만족했다. 자신의 말이 사람의 정신을 잃게 할 정도였다는 생각에 완전히 도취되어 친구가 이 상황을 어떻게 보고 있는지 알기 위해 힐끗 곁눈질을 했고, 그가 굉장히 얼떨떨한 상태에 있을 뿐 아니라 심지어 공포를 느낀 걸 보고는 만족스러워했다.

어떻게 계단을 내려와 어떻게 거리로 나왔는지 아카키 아카키예비치는 전혀 알 수 없었다. 그는 자신의 손과 발이 제대로 붙어 있는지 느낄 수도 없었다. 살아오면서 장군에게, 그것도 다른 관청의 장군에게 이렇게 심하게 책망을 받아본 적은 없었다. 그는 인도에서 벗어나 입을 쩍 벌린 채 거리에 휘몰아치는 눈보라 속을 걸어갔다. 바람은 페테르부르크에서 그러하듯 그를 향해 사방에서, 모든 골목에서 불어왔다. 눈 깜짝할 사이에 바람을 맞은 그의 목에 후두염이 생겼고 집에 다다른 그는 말 한마디 할 힘조차 없었다. 온몸이 퉁퉁 부어 침대에 쓰러졌다. 마땅한 질책이 때로 얼마나 강력한지! 다음 날 그는 열이 심하게 났다. 페테르부르크 기후의 너그러운 도움 덕분에 병은 예상보다 더 빨리 진행되었고, 의사가 나타나 그의 맥을 짚어봤지만 환자가 의학의 혜택 없이 방치되지 않도록 찜질제를 처방하는 것 외엔 달리 할 수 있는 게 없었다. 그리고 그 자리에서 바로 하루 하고도 한나절 내에 환자가 필연적인 종말을 맞게 될 거라고 단언했다. 그 후 의사는 집주인 여자에게 가서 말했다. "아주머니, 공연히 시간 낭비하지 마시고 그를 위해 소나무 관을 지금 주문해주세요. 이 사람에게 참나무 관은 비싸니까요." 아카키 아카키예비치가 자신의 운명을 결정하는 이 말을 들었을지, 만약 들었다면 이 말이 그에게 강한 충격을 주었을지, 불행한 자신의 삶에 대해 그가 애석해할지, 이 모든 것에 대해서는 알 수가 없는데 왜냐하면 그는 내내 열에 들떠 헛소리를 했기 때문이었다. 연달아 기이해져만 가는 환영들이 쉼 없이 그에게 나타났다. 페트로비치를 보고서는 그에게 침대 밑에 줄곧 숨어 있는 도둑들을 잡을, 어떤 덫이 달린 외투를 만들어달라고 주문하는가 하면, 끊임없이 여주인을 불러 이불 아래에 있는 도둑을 끌어내달라고 하다가 자신에겐 새 외투가 있는데, 왜 가운 같은 자신의 낡은 외투가 앞에 걸려 있느냐고 묻기도 했다. 그런가 하면 장군 앞에 서서 그의 마땅한 질책을 들으면서 '제 잘못입니다. 각하'라고 연신 말하고 있는 자신의 모습이 보이기도 했다. 급기야는 끔찍한 말들을 쏟아내며 상소리를 해서 생전 그로부터 그런 말을 들어본 적이 없는 주인 노파마저 성호를 그었는데, 이 말들 뒤에는 즉시 "각하"라는 말이 뒤따랐다. 나아가 그는 완전히 무의미한 말들을 뱉어내어 아무것도 이해할 수가 없었다. 이해할 수 있는 것이라고는 조리 없는 말과 생각들이 외투 하나로 귀결되었다는 것이었다. 결국 불쌍한 아카키 아카키예비치는 숨을 거두었다. 그의 방도, 물건들도 봉인하지 않았다. 왜냐하면 첫째로 상속인이 없었고, 둘째로 유품이라고 남긴 것이 정말 별로 없었는데, 깃털 펜 한 다발, 공문용 백지 한 묶음, 양말 세 켤레, 바지에서 떨어진 단추 두세 개, 그리고 독자들도 이미 알고 있는 가운 같은 낡은 외투 하나가 전부였기 때문이었다. 이것들 모두 누구 손에 들어갔는지는 아무도 모른다. 고백하자면 이것은 이야기를 하는 사람의 흥미조차도 끌지 못한다. 사람들은 아카키 아카키예비치를 실어가서 장례를 치렀다. 그리고 페테르부르크는 마치 그가 결코 존재하지 않았던 것처럼, 그 없이 남겨졌다. 그 누구로부터 보호도 사랑도 받지 못한, 평범한 파리 한 마리도 놓치지 않고 핀으로 고정하여 현미경으로 들여다보는 자연과학자의 관심조차 받지 못한 존재가 사라져 보이지 않게 되었다. 관리들의 조롱을 온순하게 참고 견디고 늘 그랬듯 별일 없이 무덤 속으로 들어간 존재였으나, 그 존재에게도 삶의 마지막에는 한순간이나마 가련한 삶에 생기를 준, 외투라는 모양을 띤 빛나는 손님이 찾아와 반짝였고, 곧이어 차르*나 세상의 통치자들도 피할 수 없는, 견딜 수 없는 불행이 닥쳐왔다. 그가 죽고 나서 며칠 후 부서에서 그의 집으로 경비를 보냈는데, 경비는 즉시 출근하라는 명령서를 가지고 왔다. 국장이 그렇게 요구한다는 것이었다. 그러나 경비는 빈손으로 돌아가야 했고 더 이상 올 수 없다는 보고를 했는데, "왜?"라는 질문에 "그게 말이죠, 이미 죽어서 매장한 지 나흘째 된다고 합니다."라고 대답했다. 이렇게 관청 사람들은 아카키 아카키예비치의 죽음에 대해서 알게 되었고 다음 날에는 그보다 키가 훌쩍 더 크고 곧은 필체가 아닌 훨씬 더 기울어지고 모로 누운 필체로 글자를 써 넣는 새 관리가 이미 그의 자리에 앉아 있었다.

하지만 아카키 아카키예비치에 대한 이야기가 여기서 아직 다 끝난 것이 아님을, 생전 그 누구의 관심도 받지 못한 것에 대한 보상인 듯 사망 후 며칠 동안 그가 시끄럽게 살 운명을 지녔음을 누가 상상이나 할 수 있었을까? 그러나 그런 일이 일어났고, 우리의 별 볼 일 없는 이야기는 뜻밖의 환상적인 결말을 맞이하게 된다. 갑자기 페테르부르크에는

* 슬라브계 여러 국가 군주의 칭호이다. 라틴어의 '카이사르'가 어원이다.

칼린킨 다리 주변 및 더 멀리 떨어진 곳에서 밤마다 관리의 형상을 한 사자가 나타나기 시작했다. 그가 무슨 도둑맞은 외투를 찾고 있고 도둑맞은 외투를 구실삼아 그걸 입은이의 직위와 신분을 막론하고 외투라면 전부 어깨에서 잡아 벗긴다는 소문이 돌았다. 고양이털, 담비털, 너구리털, 여우털, 곰털, 한마디로 털가죽의 종류가 뭐든 간에 사람이 몸을 덮기 위해 생각해낸 것이라면 다 벗겨간다는 것이었다. 어느 부서의 관리 하나는 자신의 눈으로 사자를 보고는 그가 아카키 아카키예비치임을 즉시 알아보았다. 그러나 그로 인해 공포에 사로잡혀 꽁지 빠지게 도망치는 바람에 자세히 보지는 못했고 다만 멀리서 그에게 손가락으로 위협하는 것만을 보았다고 한다. 사방에서 하소연하는 소리가 끊임없이 들려왔는데, 9등관은 말할 것도 없고 3등관들의 등과 어깨가 밤마다 외투를 벗겨가는 바람에 오한이 든다는 것이었다. 경찰 당국은 산 상태로든 죽은 상태로든 사자를 잡아 다른 이들에게 본보기가 되도록 잔인한 방식으로 벌하라는 명령을 내렸고, 거의 성공할 뻔했다. 즉 키류시킨 골목의 입초立哨 근무 경관이 한때 플롯을 연주했던 은퇴한 음악가로부터 값싼 방모 코트를 벗겨내려는 악행을 저지르는 현장에서 사자의 목덜미를 확 잡아챘던 것이다.

목덜미를 잡아챈 후 경관은 소리를 질러 동료 둘을 소환한 후 그들에게 사자를 잡고 있으라고 위임하고는 정작 자신은 여태 살아오면서 여섯 번이나 동상에 걸렸던 자기 코에게 잠시나마 생기를 주기 위해 부츠 안에서 코담배가 들어 있는 담뱃갑을 끄집어내려고 잠깐 자리를 비웠다. 그러나 아무래도 코담배가 사자조차 참을 수 없을 만큼 독했나보다. 경관이 자신의 오른쪽 콧구멍을 손가락으로 막고 왼쪽 콧구멍으로 코담배 절반을 들이마시려는 순간 사자가 몹시 심하게 재채기를 하는 바람에 코담배 가루가 세 경관 모두의 눈에다 튀었다. 그들이 눈을 비비기 위해 주먹을 가져가는 사이에 사자가 흔적도 없이 사라져서 심지어 그들은 그가 확실히 손아귀에 잡혔는지 아닌지도 헷갈릴 지경이었다. 이후 입초 근무 경관들은 사자들을 매우 무서워해서 살아 있는 사람조차 잡는 것을 두려워했고 고작 멀리서 "어이, 너, 가던 길이나 가!"라고 소리치는 게 다였다. 관리의 모습을 한 사자는 심지어 칼린킨 다리 너머에도 나타나기 시작해 겁 많은 사람들 모두에게 적지 않은 공포감을 안겨 주었다. 그런데 우리는 지극히 사실적인 이야기가 환상적인 방향으로 전개되는 데에 실질적인 원인이 된 '한 중요 인사'를 완전히 방치해두고 있었다. 무엇보다도 공정성이라는 의

111

외투

무가 이를 말하도록 요구하고 있다. '한 중요 인사'는 대차게 책망받은 불쌍한 아카키 아카키예비치가 떠나자마자 곧 무언가 연민 비슷한 것을 느꼈다. 연민은 그에게 낯선 것이 아니었다. 비록 관등이 그것들이 드러나는 것을 매우 방해했음에도 불구하고, 그의 마음은 선한 행위에 열려 있었다. 방문한 친구가 자신의 집무실에서 나가자마자 그는 불쌍한 아카키 아카키예비치에 대한 생각까지 했다. 그리고 그 후 매일 그에게는 직무상의 질책을 견디지 못한 창백한 아카키 아카키예비치의 모습이 떠올랐다. 그에 대한 생각은 일주일 후 관리를 보내서 그가 어떻게 지내는지, 어떻게 도울 방법은 없는지 알아보고자 결심할 정도로 중요 인사를 괴롭혔다. 그래서 아카키 아카키예비치가 갑작스럽게 열병으로 죽었다고 보고하자 그는 심히 놀랐고 양심이 꾸짖는 소리에 종일 제정신이 아니었다. 얼마간 기분을 전환하여 불쾌한 인상을 잊기를 바라며 그는 자신의 친구들 중 하나가 개최하는 저녁 모임에 갔다. 이 모임에는 괜찮은 계층이 참석했고, 무엇보다 좋은 것은 거기에 있는 이들의 관등이 그와 거의 같아서 어떤 거북함도 전혀 느낄 수 없었다는 것이었다. 이 모임은 그의 정신 상태에 놀라운 효과를 발휘했다. 그는 기분이 풀어져 대화하는 것이 유쾌했고 온화해졌다.

한마디로 말해 매우 즐겁게 저녁을 보냈다. 저녁 식사를 하면서 그는 사람의 기분을 쾌활하게 만드는 데 쏠쏠한 작용을 하는 샴페인 두 잔을 마셨다. 샴페인은 그로 하여금 여러 특별한 것들을 하고 싶은 마음이 들게 했다. 그는 집으로 가는 것이 아니라 알고 지내는 부인에게, 독일 태생으로 추측되는 카롤리나 이바노브나 부인에게 들르기로 결심했는데, 이 부인에게 그는 아주 친밀한 감정을 느끼고 있었다. 언급해야 할 것은 중요 인사가 더 이상 젊은이가 아니라 좋은 남편이자 한 가족의 존경받는 아버지였다는 사실이다. 그에겐 두 아들이 있었는데 그중 하나는 벌써 관청에서 근무하고 있었고, 좀 휘었긴 하지만 예쁜 코를 가진 열여섯 살 된 사랑스러운 딸은 매일 그에게 "봉주르, 파파"라고 말하며 손에 입을 맞췄다. 아직 생기 있고 전혀 보기 흉하지 않은 그의 아내는 남편이 먼저 입을 맞추도록 자신의 손을 내밀었고 그 후에는 손을 다른 쪽으로 뒤집어서 남편의 손을 잡고 입을 맞추었다. 중요 인사는 정다운 가정생활에 아주 만족했지만 도시의 다른 지역에 사는 여자 친구와 친밀한 관계를 맺는 것이 적절하다고 여겼다. 이 여자 친구는 그의 아내보다 전혀 예쁘지도, 젊지도 않았다. 하지만 이런 경우가 세상에 종종 있고, 그것에 대해 판단하는 것은 우리의 일이 아니다. 그렇게 해서 중요 인사는 계단에서 내려가 썰매 마차에 앉은 후 마부에게 "카롤리나 이바노브나에게 로"라고 말했고, 그 자신은 따뜻한 외투에 아주 호사스럽게 감싸인 채 상황을 즐겼다. 그 상황이란 러시아인으로서는 그보다 더 좋은 것을 상상하기 힘든 것으로, 말하자면 스스로는 아무것도 생각하지 않고 있는데 머릿속으로 더 유쾌한 생각들이 연이어 찾아들어 굳이 생각하려 애쓰거나 찾는 수고를 할 필요가 없는 그런 상태이다. 만족감으로 충만해진 그는 저녁 파티에서 즐거웠던 대목들 전부와 소모임의 사람들을 웃게 만든 것들 모두를 가볍게 회상했다. 심지어 그는 그것들 중 다수를 작은 소리로 되풀이해보고는 그것들이 아까와 마찬가지로 여전히 웃기다는 것을 알게 되었다. 따라서 그 또한 진심으로 쿡쿡거리며 웃은 것은 이상히 여길 게 아니었다. 어디에서, 무슨 연유로 불어오는지 모를, 갑자기 휘몰아치는 돌풍이 이따금 그를 방해했다. 작은 눈덩이들이 그의 얼굴을 때리며 날아왔고, 그의 외투 옷깃은 마치 돛처럼 펄럭였다. 초자연적인 힘으로 그의 머리에 불어닥치는 이 돌풍은 그를 거기에서 빠져나오도록 부단히 애를 쓰게 만들었다. 중요 인사는 돌연 누군가가 목의 옷깃을 아주 세게 잡아당기는 것을 느꼈다. 몸을 돌린 중요 인사는 낡고 해진 제복을 입은, 크지 않은 키의 사람을 보았고, 그가 아카키 아카키예비치임을 깨닫고 공포에 휩싸이지 않을 수 없었다. 관리의 얼굴은 눈처럼 창백했고 꼭 사자처럼 보였다. 하지만 사자의 입이 비틀려지고 그를 향해 무덤 냄새를 끔찍하게 풍기며 다음과 같이 말할 때 중요 인사의 두려움은 극에 달했다. "아! 드디어 여기 네가 있구나! 마침내 너를, 그러니까, 옷깃을 잡았어! 난 네 외투가 필요해! 나를 위해 힘을 써 주긴커녕 그토록 책망했으니 이제 네 외투를 넘겨!" 가련한 '중요 인사'는 거의 숨이 넘어갈 지경이었다. 관청에서, 대체로 하급자들 앞에서 그가 제아무리 단호했다 하더라도, 그리고 그의 강인한 외모와 풍채를 본 사람마다 "아이구야, 성질머리하고는!" 하고 말했을지라도 지금은 겉으로 용맹한 장수의 모습을 한 그가 너무 겁에 질린 나머지 아무 이유 없이 어떤 병적인 발작을 일으키지 않을까 걱정될 지경이었다. 심지어 그는 스스로 어깨에서 외투를 가능한 한 빨리 벗어 던진 후 마부에게 자신의 것 같지 않은 목소리로 "전속력으로 집으로 가!"라고 소리쳤다. 보통 긴박한 순간에, 대단히 실제적인 무언가에 수반되어 나오는 이 목소리를 들은 마부는 만일의 경우에 대비하여 목을 움츠리고는 채찍을 휘두르며 쏜살같이 질주했다. 6분이 좀 지난 후 중요 인사는 이미 자신의 집 현관 앞에 있었다. 창백하고 놀란 얼굴의, 외투도 없는 그는 카롤리나 이바노브나에게 가는 대신 자신의 집에 도착했다. 어찌어찌 겨우 자신의 방에 가서 대단히 혼란스러운 상태로 밤을 보냈기 때문에 다음 날 아침 차를 마시는 중에 딸이 그에게 대놓고 이렇게 말할 정도였다. "아빠, 오늘 너무 창백해요." 그러나 그는 침묵했고, 그 누구에게도 자신에게 무슨 일이 일어났는지, 자신이 어디에 있었고, 어디로 가길 원했는지에 대해 단 한마디도 하지 않았다. 이 사건은 그에게 강한 영향을 주었다. 하물며 그는 부하 직원들에게 "당신 감히 어떻게 그럴 수가 있소. 당신 앞에 있는 사람이 누군지 알고 있는 거요?"라는 말을 예전에 비해 매우 드물게 하게 되었고, 만약 하게 된다 하더라도 예전처럼 먼저 무슨 일인지 끝까지 다 듣지 않고 하지는 않았다. 그러나 더 놀라운 일은 그 이후로 관리의 모습을 한 사자의 출현이 완전히 그쳤다는 것이었다. 아마도 장군의 외투가 그의 어깨에 꼭 맞은 듯했다. 적어도 이제는 누군가의 외투를 잡아당겨 벗기는 사건이 그 어디에서도 들리지 않았다. 그렇지만 활동적이고 걱정이 많은 사람들은 전혀 안심하려 하지 않았고 도시에서 멀리 떨어진 곳에서 계속 관리의 모습을 한 사자가 나타난다고 수군거렸다. 그리고 실제로 콜롬나에 있는 키다리 입초 근무 경관이 어느 집 뒤에서 유령이 나오는 것을 자신의 두 눈으로 보았다. 그러나 그 경관은 다소 허약 체질이었던 터라 한 번은 어떤 개인 집에서 뛰쳐나온 다 자란 평범한 돼지 한 마리가 다리를 들이받자 넘어졌다. 그걸 보고 주변에 서 있던 마부들이 박장대소하자 경관은 자신을 조롱한 대가로 그들에게 담뱃값 2코페이카씩을 요구해서 받아낸 적이 있었다. 이렇게 허약 체질이었던 그는 유령을 감히 멈춰 세우지 못했고, 결국 유령이 돌연 멈춰 몸을 돌려서는 "너, 원하는 게 뭐야?"라고 물으면서 살아 있는 사람에게서는 찾아볼 수 없는 커다란 주먹을 보여줄 때까지 어둠 속에서 그 뒤를 쫓아 걸었다. 경관은 "아무것도 아닙니다."라고 말하고는 그 즉시 뒤로 돌아섰다. 그러나 유령은 키가 훨씬 큰 데다 아주 수북하게 콧수염을 기르고 있었는데, 오부호프 다리 쪽으로 향하는 듯하다가 밤의 어둠속으로 완전히 사라져버렸다.

광인의 수기

Записки сумасшедшего

◆

10월 3일

오늘 기이한 일이 일어났다. 나는 아침에 꽤 늦게 일어났고 마브라가 깨끗하게 닦은 부츠를 가지고 왔을 때 몇 시냐고 물었다. 이미 10시가 훌쩍 지났다는 말을 듣고는 서둘러 옷을 입었다. 나는 우리 과장이 어떤 언짢은 표정을 지을지 짐작하지만 솔직히 말해서 관청에 전혀 가고 싶지 않다. 그는 이미 예전부터 내게 말하고 있다.

"여보게 친구, 자네 머릿속은 도대체 왜 항상 뒤죽박죽인 거야? 어떤 때에는 미친 사람처럼 이리저리 뛰곤 하질 않나, 이따금 전혀 해결할 수 없을 정도로 문제를 복잡하게 만들질 않나, 제목을 소문자로 쓴다거나, 날짜와 숫자를 기입하지도 않고 말이야."

빌어먹을 왜가리 같으니라고! 그는 내가 국장의 서재에서 각하를 위해 깃털 펜을 깎는 것을 질투하고 있는 게 틀림없다. 한마디로 말해서, 회계 담당자, 이 유대인 자식에게

졸라서 다만 얼마라도 봉급을 가불해주지 않을까라는 희망이 보이지 않았다면 나는 관청에 가지 않았을 것이다. 회계 담당자도 참 여간내기가 아니다! 언젠가 그자가 한 달 치 봉급을 가불해주는 것보다 하나님의 무서운 심판이 더 빨리 도래할 것이다. 아무리 요청해도, 행여 파산하거나 곤궁한 상태에 있을지라도 이 백발의 악마는 주지 않을 것이다. 그런데 집에서는 그 자신이 고용한 여자 요리사가 그의 뺨을 때린다. 이에 대해서는 온 세상이 다 알고 있다. 나는 관청에 근무해서 얻는 이득이 뭔지 모르겠다. 그 어떤 재원도 전혀 얻을 수 없는데 말이다. 현청이나 재판소, 현의 재무부에서라면 사정은 전혀 다르다. 거기에서는 어떤 사람이 구석에 틀어박혀 간간이 무언가를 쓰고 있다. 그가 입은 연미복은 더럽고 낯짝은 침을 뱉고 싶게 생겼으나 그가 어떤 별장을 빌리는지 보라! 도금한 자기 찻잔을 그에게 가져가지 말라. "이건 의사에게나 줄 선물이군."이라고 그는 말한다. 그에게는 준마 한 쌍이나 사륜 무개마차 또는 300루블 정도의 비버 모피를 줘라. 겉으로 보기에는 아주 조용해서 이렇게 우아하게 말한다. "깃털 펜을 깎을 칼 좀 빌려주십시오." 그런데 저기서는 청원인에게 루바시카 한 장 달랑 남을 때까지 모조리 털어낸다. 대신 우리의 업무는 현청에서는 결코 볼 수 없을 만큼 우아하고 모든 면에서 깨끗하다. 책상들은 마호가니로 만들었고, 부장들은 존댓말을 한다. 사실을 고백하자면 만약 업무가 고상하지 않았더라면 난 예전에 관청을 떠났을 것이다.

폭우가 쏟아지고 있었기 때문에 나는 낡은 외투를 입고 우산을 집어 들었다. 거리에는 아무도 없었다. 눈에 띄는 사람들이라고는 옷자락을 뒤집어 쓴 아낙네들과 우산을 쓴 러시아 상인들, 마부들뿐이었다. 고상한 사람들 중에서는 우리 관리 하나가 천천히 걷고 있었다. 나는 그를 교차로에서 보았다. 그를 보자마자 나는 속으로 중얼거렸다. '저런! 이보게 친구, 자넨 관청에 안 가고 앞에서 뛰어가는 여자의 다리를 보려고 그 뒤를 급하게 쫓고 있군.' 우리의 형제 관리는 참 교활하다! 정말 그 어떤 장교에게도 뒤지지 않을 것이다. 아무 여자나 모자를 쓰고 지나가면 틀림없이 달라붙을 것이다. 이런 생각을 하고 있을 때 걷고 있는 내 옆을 지나 상점으로 향하는 사륜 유개마차를 보았다. 나는 바로 그녀를 알아보았다. 그것은 우리 국장의 마차였다. 하지만 국장이 상점에 갈 이유가 없으니 아마도 그의 딸이 타고 있을 것이라고 생각했다. 나는 벽에 몸을 바짝 붙였다. 하인이 마차 문을 열었고 그녀는 새처럼 가볍게 마차에서 빠져 나왔다. 그녀가 좌우를 살펴보는 모습이며, 그때마다 퍼뜩 나타났다 사라지는 그 눈과 눈썹이란…… 오, 하나님! 난 끝났다. 완전히 끝났다. 이렇게 비가 오는데 뭐 하러 그녀는 나왔을까. 어디 한번 여자들이 온갖 천 조각에 대한 욕심이 많지 않다고 이제 주장해보라. 그녀는 나를 알아보지 못했고 나 역시 가능한 더 많이 외투 속에 파묻히려 노력했다. 왜냐하면 내가 걸친 외투가 더러운 데다가 구식이었기 때문이었다. 지금 사람들은 옷깃이 긴 망토를 입고 다니는데 내가 입은 외투의 옷깃은 짧고 이중으로 되어 있었다. 또한 나사 옷감도 전혀 방수 처리되지 않은 것이었다. 그녀의 작은 애완견이 상점의 문으로 뛰어오르는 데 실패해서 거리에 남았다. 나는 이 개를 알고 있다. 개의 이름은 멧지이다. 머무른 지 1분도 안 되었는데 돌연 가느다란 소리가 들려온다. "안녕, 멧지!" 아니, 이럴 수가! 이 말을 하는 이가 누구인가! 나는 주위를 둘러보다가 우산 아래에서 걸어가고 있는 두 부인을 보았다. 한 명은 노파였고, 다른 한 명은 젊었다. 그러나 그들은 이미 나를 지나쳐갔는데 내 주변에서 다시 소리가 들렸다. "너무해, 멧지!" 이게 대체 무슨 일인지! 나는 멧지와 부인들의 뒤를 따라가던 작은 개가 서로의 냄새를 맡고 있는 것을 보았다. 이런 일이 있나! 나는

123

속으로 말했다. '다만 내가 취한 게 아닐까? 이런 일이 일어나는 건 드무니까.' '아니야, 피델, 쓸데없는 생각하지 마.' 나는 멧지가 말하는 것을 내 눈으로 보았다. "나는 있잖아, 왈! 왈! 나는 있잖아, 왈, 왈, 왈! 엄청 아팠어." 아, 너는 개란 말이다! 고백하건대 나는 개가 인간처럼 말하는 것을 듣고 매우 놀랐다. 그러나 이 모든 것을 잘 생각해본 후에는 놀라지 않게 되었다. 실제로 이미 세계에는 이런 예들이 수없이 발생했다. 영국에서는 매우 기이한 언어로 두어 단어를 말한 물고기가 나타났고, 학자들은 그것을 이미 3년 동안 추정하려 애썼으나 지금까지 아무것도 해명하지 못했다고 한다. 나는 소 두 마리가 가게에 와서 차 한 푼트*를 요구했다는 이야기를 신문에서 읽은 적도 있다. 그러나 멧지가 말했을 때 훨씬 더 놀랐음을 고백한다. "내가 너한테 편지를 썼는데 말이야, 피델. 폴칸이 내 편지를 가져다주지 않았나 보네!" 내 월급을 못 받아도 좋다! 살면서 개가 글을 쓸 수 있다는 건 여태 들어보지 못했다. 귀족만이 정확하게 글을 쓸 수 있다. 물론 몇몇 경리 일을 하는 장사꾼과 농노들도 가끔 글을 쓸 줄 안다. 그러나 그들이 글 쓰는 것은 대부분

---

* 푼트(funt)는 옛 러시아의 무게 측정 단위로 1푼트는 409.5그램이다.

기계적이다. 쉼표도, 마침표도, 문체도 없다.

이것이 나를 놀라게 했다. 고백하건대 얼마 전부터 나는 아무도 보지도, 듣지도 못하는 것들을 이따금 보고 듣게 되었다. '저 개가 무엇인지, 무엇을 생각하고 있는지 저 개 뒤를 따라가 봐야겠군.' 나는 혼잣말을 했다. 나는 우산을 펴고 두 부인을 쫓아 출발했다. 그들은 고로호바야 거리를 지나 메샨스카야 거리 쪽으로 방향을 틀어 거기에서 스톨랴르나야 거리로 가서 마침내 코쿠시킨 다리 쪽으로 가는 큰 건물 앞에서 멈춰 섰다. "이 집을 알고 있지." 나는 중얼거렸다. "즈베르코프의 집이야." 참으로 굉장한 집이다! 이 집에는 한 종족만 사는 게 아니다. 요리사들은 얼마나 많고, 또 외지인들은 얼마나 많은지! 우리의 형제 관리들은 개처럼 하나 위에 다른 하나가 포개어 살고 있다. 저기에는 나팔을 잘 부는 내 지인도 하나 있다. 부인들은 5층으로 올라갔다. '좋아.' 나는 생각했다. '지금은 따라가지 않고 장소만 알아두었다가 기회가 오면 지체하지 않고 이용해야지.'

10월 4일

오늘은 수요일이기 때문에 나는 우리 국장의 서재에 있었다. 나는 일부러 좀더 일찍 가서 앉은 다음 펜을 모두 다

깎았다. 우리 국장은 매우 현명한 사람임에 틀림없다. 그의 서재 전체는 책장으로 가득 채워져 있다. 나는 몇몇 책의 제목을 읽어보았다. 죄다 학문과 관련되고 너무 학술적이어서 우리 형제*가 이해하긴 불가능했다. 전부 프랑스어 혹은 독일어로 되어 있었다. 국장의 얼굴을 한번 보라. 그 두 눈에서 비치는 위엄과 진중함이란! 나는 그가 쓸데없는 말을 하는 걸 여태껏 들어본 적이 없다. 서류를 제출할 때만 그는 "바깥은 어떻지?"라고 물어볼 뿐이다. "습기가 많은 날씨입니다, 각하!" 그래, 우리 형제와는 비교가 안 된다! 정치인이다. 그러나 나는 그가 나에 대해 특별한 호감을 갖고 있음을 알고 있다. 만약 딸도… 이런 제길! 아니, 아무것도 아니다. 말하지 않겠다! 『북방의 꿀벌』을 읽었다. 프랑스인들은 정말 어리석다! 그들은 대체 무엇을 원하고 있는가? 정말 그들을 다 한데 모아서 채찍으로 때려야 하는데! 거기서 쿠르스크 현의 지주가 쓴 무도회에 대한 매우 재미있는 글도 읽었다. 쿠르스크 현의 지주들은 글을 잘 쓴다. 그 후 나는 이미 12시 30분이 되었는데도 우리 국장이 자신의 침실에서 나오지 않음을 깨달았다. 그런데 1시 반 즈음에

* 여기서 형제는 화자의 동료 집단인 하급 관리들을 의미한다.

그 어떤 펜으로도 묘사할 수 없는 사건이 일어났다. 문이 열렸고 나는 국장이라고 생각해서 서류를 들고 의자에서 벌떡 일어났다. 그러나 그 사람은 그녀, 바로 그녀였다! 맙소사, 그녀가 어떤 옷을 입고 있었는지! 그녀의 옷은 백조처럼 새하앴다. 아, 얼마나 화려한지! 그녀가 흘낏 바라보았을 때는 태양, 정말 태양이었다! 그녀는 인사를 하며 말했다. "아빠가 여기 안 계시나요?" 아, 아, 아! 얼마나 아름다운 목소리인가! 카나리아, 진짜 카나리아다! '각하.' 나는 말하고 싶었다. '제게 벌을 내리지 말아주세요, 그러나 만약 벌을 내리길 원하신다면 각하, 당신의 손으로 벌해주세요.' 젠장, 혀가 어째 잘 굴러가지 않아서 나는 다만 이렇게 말했을 뿐이었다. "안 계십니다." 그녀는 나와 책을 잠깐 바라보다가 손수건을 떨어뜨렸다. 나는 황급히 달려가다가 망할 놈의 쪽나무 마루판에 미끄러져서 하마터면 바닥에 코를 찧을 뻔했으나 간신히 버텨서 손수건을 집어 들었다. 맙소사, 이 어떤 손수건인가! 얇디얇은 아마천, 그리고 용연향*, 진짜 용연향이다! 손수건에서도 각하다운 냄새가 풍겼다. 그녀는 감사를 표하며 달콤한 입술이 거의 움직이지 않는,

---

* 향유고래의 소화기관에서 만들어진 황금색 결석으로 최고급 향수의 원료로 사용된다.

보일 듯 말 듯한 미소를 지었고, 그 후 떠났다. 나는 한 시간을 더 앉아 있었는데 갑자기 하인이 오더니 말했다. "돌아가세요, 아크센티 이바노비치, 나리는 이미 집에서 나가셨습니다." 나는 하인이란 족속을 참을 수가 없다. 항상 현관방에 퍼져 있는 이 사람들이 고개라도 끄덕이는 수고를 좀 해주면 좋을 텐데. 이건 별거 아니다. 한 번은 이 교활한 놈들 중 하나가 자리에서 일어나지도 않고서 내게 코담배를 권하려 했다. 이 어리석은 종아, 너는 내가 관리이고 고귀한 출신임을 알지 못하는 거냐. 그러나 이 양반들이 한 번도 도와주지 않은 터라 나는 모자를 들고 스스로 외투를 입은 후 나왔다. 집에서 대부분의 시간을 침대에 누워 보냈다. 그 후 매우 괜찮은 시를 베껴 썼다. "그대를 못 본 지 한 시간이 지났는데 생각으로는 1년을 못 본 듯하오. 나의 삶을 증오하면서 어찌 살 수 있겠냐고 나는 말했다오." 틀림없이 푸시킨의 작품이다.* 저녁에 외투로 몸을 감싸고 각하 댁의 출입구 쪽으로 가서 그녀를 한 번이라도 더 보기 위해 그녀가 마차를 타러 나오진 않을까 생각하며 오랫동안 기다렸으나 그녀는 나오지 않았다.

---

* 이 시행들은 이류 시인이자 극작가인 N.P. 니콜레프(1758~1815)가 쓴 것이다.

11월 6일

과장이 굉장히 격분했다. 내가 관청에 가자 그는 나를 자기에게 불러서 다음과 같이 말하기 시작했다. "그래, 말 좀 해봐. 자넨 대체 뭐하고 다니는 거야?" "뭘 하다니요? 아무것도 안 합니다." 나는 대답했다. "잘 생각해보라고! 자넨 이미 마흔이 넘었으니 현명해질 때도 되었잖아. 도대체 자넨 무슨 생각을 하고 있는 건가? 자네의 모든 장난질을 내가 모른다고 생각하는 거야? 국장님 딸의 뒤꽁무니를 졸졸 따라다니고 있잖아! 스스로를 보면서 자네가 누군지 생각 좀 하지 그래? 자넨 보잘 것 없는 인간일뿐 그 이상이 아니야. 자네에겐 땡전 한 푼 없어. 거울로 자신의 얼굴 좀 보게나. 자네 감히 어떤 생각을 하고 있는 거야!" 젠장, 얼굴은 약간 약병처럼 생겨먹고 머리 위에는 머리카락 한 줌을 포마드를 발라 우크라이나식 도가머리처럼 위로 삐죽 고정시켜 놓은 주제에 자기 한 사람만 모든 걸 할 수 있다고 생각하는군. 왜 내게 화를 내는지 이해해, 이해하고말고. 그는 질투하는 거다. 아마도 나를 향해 우선적으로 나타나는 호의의 징후들을 보았을 테지. 그래, 그에게 침을 뱉어주마! 7등 문관의 위엄이란 게 참 대단하구나! 시계에 금줄을 달고 30루블짜리 부츠를 주문하는 걸로 대체 자기가 뭐라고 생각하는 거

야! 내가 잡계급 지식인이나 재봉사 혹은 하사관 자식 출신
이란 거야? 나는 귀족이다. 그래, 나 역시 적당한 지위를 얻
을 수 있단 말이다. 내 나이 아직 마흔 둘이니 진지하게 직
장생활을 이제 막 시작하는 그런 시기이기도 하다. 두고 보
자, 친구여! 나도 대령이 될 거고 만약 신이 허락한다면 더
높은 자리를 얻을 것이다. 나는 너보다 더 좋은 평판을 얻
을 거다. 너는 너 외에 훌륭한 사람은 없을 거라는 생각을
고집하고 있다. 루치*가 유행에 맞춰 재단한 연미복을 내게
달라. 그리고 내가 너의 것과 같은 넥타이를 매면 너는 내
발밑에도 못 온다. 재산이 없는 것, 바로 이것이 불행이다.

11월 8일

극장에 다녀왔다. 〈러시아 바보 필라트카〉**를 공연했다.
아주 많이 웃었다. 법무사, 특히 14등 문관에 대해 그야말
로 거침없이 쓴 익살스러운 시구들이 있어서 어떻게 검열
을 통과했는지 놀라울 정도인 보드빌도 있었다. 여기서 상
인들에 대해서는 그들이 사람들을 속이고 그 자식들은 추

---

* 루치는 당대 모스크바의 유명한 양복 재단사였다.
** 〈러시아 바보 필라트카〉는 배우이자 극작가 P. G. 그리고리예프(1807~1854)의 보드빌 작
   품 〈경쟁자 필라트카와 미로시카 혹은 네 명의 신랑과 한 명의 신부〉를 일컫는다. 알렉
   산드린스키 극장에서 1831~1832년 시즌에 처음으로 상연되었다.

태를 일삼고 교묘하게 귀족의 환심을 산다고 숨김없이 말하고 있다. 신문 잡지업자들에 대한 매우 웃긴 구절도 있었다. 그들이 늘 비난하길 좋아해서 저자는 독자들에게 자신을 방어해주길 요구한다는 것이다. 요즘 작가들은 아주 재미있는 희곡들을 쓴다. 나는 극장에 가는 것을 좋아한다. 주머니에 몇 푼 생기면 도저히 가지 않고는 배길 수가 없다. 그런데 우리 형제 관리들 중에는 돼지 같은 이들이 있다. 공짜로 표를 주지 않는 한 이 무식쟁이는 두말할 것 없이 극장에 안 갈 것이다. 어느 여배우가 노래를 굉장히 잘 불렀다. 나는 그녀를 떠올렸고… 아, 제길!… 아니, 아무것도 아니다…… 침묵.

11월 9일

8시에 출근했다. 과장은 내가 온 것을 못 본 척했다. 나 역시 우리 사이에 아무 일도 없었던 듯 행동했다. 문서를 다시 훑어보고 대조했다. 오후 4시에 퇴근했다. 국장의 집을 지나쳤으나 아무도 보이지 않았다. 저녁을 먹고 대부분의 시간을 침대에 누워 보냈다.

11월 11일

오늘 우리 국장의 서재에 있으면서 그를 위해 깃털 펜 스물세 자루를, 그리고 그녀를 위해서는, 아! 아… 영애님을 위해서는 펜 네 자루를 깎았다. 각하는 펜이 많은 걸 아주 좋아하신다. 오! 대단한 지력가임에 분명하다! 항상 말이 없지만 머릿속에서는 내내 곰곰이 생각하고 있을 것이다. 그분이 주로 무엇에 대해 생각하는지 알고 싶다. 그 머릿속에서는 어떤 일이 일어나고 있을까. 이런 분들의 삶을, 그 모든 애매한 말들을, 궁중의 농담들을, 그분들이 자신의 무리에서 무엇을 하는지 더 가까이에서 관찰하고 싶다. 내가 알고 싶은 것이 바로 이것이다! 나는 몇 번 각하와 대화를 나누려고 한 적이 있는데, 제기랄, 혀가 말을 듣질 않았다. '바깥이 춥습니다' 혹은 '따뜻합니다'라고 말할 뿐이지 더 이상 다른 말을 할 수가 없다. 응접실을 엿보고 싶지만 거기서 간혹 보이는 것이라고는 응접실 너머 또 다른 방으로 이어지는 열린 문뿐이다. 아, 방이 얼마나 화려하게 장식되어 있는지! 거울들이며 도자기들이며 훌륭하다. 저쪽을 엿보고 싶다. 영애님이 계신 저 반쪽이 바로 내가 보고 싶은 곳이다! 귀부인의 응접실에는 온갖 작은 통들이며 유리병들, 그것을 향해 숨을 내쉬기도 두려운 꽃들이 있고, 드레

스라기보다는 공기와 더 닮은 그녀의 드레스가 사방에 널려 있을 것이다. 침실도 엿보고 싶다… 거기에는 천국에도 없는 낙원이 있을 거라 생각한다. 그녀가 침대에서 일어나면서 자신의 자그마한 발을 놓는 그 작은 의자를 보고 싶고, 눈처럼 새하얀 긴 양말을 그 발에 어떻게 신는지 보고 싶다… 아! 아! 아! 아니, 안 된다… 침묵.

그러나 오늘 내게 빛과 같은 것이 비추었다. 나는 넵스키 대로에서 들었던 두 강아지의 대화를 기억해냈다. '좋아.' 나는 속으로 생각했다. '이제 모든 걸 알아봐야지.' 이 시시한 강아지들이 서로 주고받는 편지를 탈취해야 한다. 거기서 아마 나는 무언가를 알아낼 것이다. 솔직히 말해서 심지어 나는 언젠가 멧지를 불러서 다음과 같이 말했던 적이 있다. "이봐, 멧지, 지금 우리 둘만 있고, 네가 원한다면 문을 잠가서 아무도 못 보게 할 테니 아가씨에 대해 알고 있는 모든 걸 말해줘. 그녀는 어떤 사람이지? 하나님에게 맹세하건대 아무에게도 털어놓지 않을게." 하지만 교활한 강아지는 아무것도 들리지 않는 듯 꼬리를 사리고 몸을 반으로 움츠리더니 조용히 문밖으로 나갔다. 나는 개가 사람보다 훨씬 더 영리하다고 오래전부터 추측하고 있었다. 나는 개가 말을 할 수 있지만 어떤 고집을 갖고 있다고 확신하기까지 했다. 개는 아주 대단한 정치가로 모든 것을, 인간의 움직임을 다 알아차린다. 아니, 무슨 일이 있더라도 나는 내일 즈베르코프의 집으로 가서 피델을 심문할 것이고 만약 운이 좋아 기회가 되면 멧지가 쓴 편지 전부를 가로챌 것이다.

11월 12일

피델을 꼭 만나보고 심문하기 위해 오후 두 시에 출발했다. 나는 이제 양배추를, 메샨스카야 거리의 작은 상점마다 쏟아져 나오는 그 냄새를 좋아하지 않는다. 게다가 각 집마다 문에서 역한 냄새가 풍겨나와 코를 틀어막고 전속력으로 뛰어갔다. 비천한 수공업자들 또한 너무도 많은 그을음과 연기를 작업장으로부터 내보내는 터에 고상한 사람은 여기서 단연코 거닐 수가 없다. 내가 6층으로 몰래 들어가 초인종을 울리자 작은 주근깨가 있는 괜찮게 생긴 여자애 하나가 나왔다. 나는 그녀를 알아보았다. 노파와 함께 걷고 있었던 바로 그 여자였다. 그녀는 살짝 얼굴을 붉혔고 나는 즉시 눈치를 챘다. 귀염둥이, 신랑감을 찾고 있구나. "무엇 때문에 오셨죠?" 그녀가 말했다. "당신네 강아지와 말 좀 해야겠습니다." 여자애는 멍청했다! 나는 그녀가 멍청하다는 걸 바로 알아챘다! 그때 강아지가 왈왈 짖으면서 뛰어 왔다. 나는 강아지를 잡으려 했으나 이 고약한 것이 하마터 면 내 코를 물 뻔했다. 그렇지만 나는 구석에 있는 개집 바 구니를 보았다. 아, 바로 저게 필요하다! 나는 바구니 쪽으 로 다가가 나무상자 속 짚을 파헤쳤고, 대단히 기쁘게도 작 은 종이 다발을 끄집어냈다. 망할 놈의 강아지는 이걸 보고 는 처음에는 내 종아리를 물었다가 내가 종이들을 가져갔 다는 걸 냄새 맡고는 낑낑거리며 애교를 피웠다. 나는 "안 돼, 귀염둥이야. 잘 있어!"라고 말하고는 뛰어 달아났다. 나 는 이 여자애가 너무 놀란 나머지 나를 미친 사람이라고 여 겼을 거라고 생각했다. 집으로 돌아와서는 즉시 작업에 착 수하여 이 편지를 분석하려 했는데, 왜냐하면 촛불 아래에 서는 편지가 다소 잘 안 보였기 때문이다. 그런데 마브라가 돌연 바닥을 닦을 생각을 했다. 이 우둔한 핀란드 여자들은 항상 때에 맞지 않게 청결하다. 그래서 나는 얼마간 거닐면 서 이 사건에 대해 생각하려고 밖으로 나갔다. 이제야 마침 내 나는 모든 일들과 의도들, 이 모든 동력들을 알게 될 것 이고 결국 모든 것을 이해할 것이다. 이 편지들이 내게 전부 보여줄 것이다. 개들이란 영리한 족속이고 모든 정치적 관계 를 알기 때문에 거기에 모든 것이 있음이 확실하다. 이 인물의 실태와 그와 관계된 모든 일들 말이다. 거기엔 그녀에 대한 어떤 것이 있을 것이다⋯⋯. 아니다, 침묵! 저녁 무렵에 집으로 돌아왔다. 대부분의 시간 동안 침대에 누워 있었다.

11월 13일

자, 한번 볼까나. 편지는 알아보기 매우 쉬웠다. 그러나 필체에는 여전히 무언가 개다운 것이 있다. 읽어보자.

소중한 피델! 나는 너의 소시민적인 이름에 아직도 익숙해질 수가 없어. 네게 더 좋은 이름을 지어줄 수는 없을까? 피델이니 로자니 정말 범속한 음색이야! 하지만 이에 대해서는 그만 말하도록 하자. 난 우리가 서로에게 편지를 쓰기로 해서 너무 기뻐.

편지는 매우 정확히 작성되었다. 문장부호며 심지어 철자 ѣ*도 모든 곳에서 정확했다. 무슨무슨 대학에서 공부했다고 말하는 우리 과장도 진정 이처럼 쓰지는 못할 거다. 더 보도록 하자.

---

* '야찌(ятъ; iat')'라는 이름의 철자 ѣ는 예전에 모음 '예(e; ie)'와 함께 사용되었다. 1917~1918년의 정자법 개혁 이후 사라졌다.

내 생각에는 다른 사람들과 사상과 감정, 인상을 나누는 것이 세상의 최고 행복들 중 하나야.

음! 이 사상은 독일어에서 번역된 저작에서 가져온 것이다. 제목은 기억나지 않는다.

비록 우리 집 문밖 너머의 세계를 돌아다녀본 적은 없지만 나는 경험으로 이것을 말하고 있는 거야. 내 삶이 만족스럽게 흘러가고 있는 거 같지 않아? 아빠가 소피라고 부르는 우리 아가씨는 나를 미친 듯이 좋아해.

아, 아!… 아니다, 아무것도 아니다. 침묵!

아빠 역시 나를 매우 자주 쓰다듬으며 귀여워해줘. 나는 크림을 넣은 홍차와 커피를 마셔. 아, ma chère*, 너에게 반드시 말해야 할 것은 내가 주방의 우리 폴칸이 게걸스럽게 먹는, 살코기를 다 뜯어먹은 커다란 뼈를 좋아하지 않는다는 거야. 뼈들은 오직 들짐승의 뼈들, 그것도 아직 아무도

---

* 프랑스어 ma chère는 '사랑하는 이' '소중한 이' '당신' '자기' 등을 의미하며 여성에게 사용한다.

골수를 빨아먹지 않은 것이 좋아. 몇몇 소스와 함께 섞어 먹으면 아주 좋지만 단, 케이퍼나 허브를 곁들여선 안 돼. 난 개들에게 돌돌 뭉친 빵 덩어리를 주는 관례보다 더 나쁜 것은 알지 못해. 어떤 신사는 식탁 앞에 앉아 온갖 더러운 것을 쥐고 있던 그 손으로 빵을 이겨대기 시작해서 개를 부르고는 이빨 속으로 빵 덩어리를 밀어넣는 거야. 거절하는 건 어쨌든 무례하니까 먹는 거지. 역겹지만 먹는 거야……

이게 대체 무슨 말이야. 이런 헛소리를 봤나! 쓸 만한 더 나은 대상이 없었나 보군. 다음 쪽을 보자. 뭔가 더 괜찮은 게 있겠지.

우리 집에서 있었던 모든 사건들에 대해 네게 아주 기꺼이 알려 줄 준비가 되어 있어. 나는 이미 네게 소피가 아빠라고 부르는 어떤 중요한 신사에 대해 말했었지. 그는 매우 이상한 사람이야.

아! 드디어 나왔다! 그래. 나는 알고 있었다. 개들에게는 모든 대상을 향한 정치적 시선이 있다. 아빠가 어쨌는지 보도록 하자.

……매우 이상한 사람이야. 그는 대부분의 시간 동안 침묵해. 말을 하는 것은 아주 드물지. 그런데 일주일 전에 끊임없이 중얼거리는 거야. '내가 얻게 될까 아니면 못 얻게 될까?' 한 손에는 서류 한 장을 들고 다른 빈손은 꼭 쥐고는 말하는 거야. '내가 얻게 될까 아니면 못 얻게 될까?' 한 번은 나를 향해 질문했어. '넌 어떻게 생각해, 멧지? 내가 얻게 될까 아니면 못 얻게 될까?' 난 아무것도 전혀 이해할 수 없어서 그의 부츠 냄새를 맡고는 옆으로 떠났어. 그 후, ma chère, 일주일 후에 아빠가 매우 기뻐하면서 집에 왔어. 아침 내내 그에게 제복을 입은 신사들이 와서는 뭔가를 축하했어. 식사를 하면서, 이런 모습을 난 본 적이 없는데 말야, 아빠는 너무 즐거웠던 나머지 일화들을 얘기해주셨고, 식사 후엔 나를 자기 목까지 들어올린 다음에 "자, 멧지야, 이게 뭔지 좀 보렴."이라고 말했어. 난 무슨 리본 같은 걸 봤어. 그 냄새를 맡아보았지만 어떤 향기도 전혀 안 나더라고. 결국 살짝 핥아봤는데 좀 짭짤했어."

흠! 이 강아지는 내 생각에 이미 너무 막 나가는데… 그러다 맞겠어! 아! 국장은 정말 야심가구나! 이건 염두에 두어야 한다.

잘 있어! ma chère! 나는 이러저러한 일로 뛰어갈 데가 있어…… 이런저런 일들로… 내일 편지를 마저 다 쓸게. 음, 안녕! 이제 다시 너와 함께 있을 수 있게 되었어. 오늘 나의 아가씨 소피가……

아! 자, 소피가 어쨌다는 건지 보자. 에잇, 제길!… 아냐, 아냐… 계속 보자.

……우리 아가씨 소피가 굉장히 수선을 떨었어. 그녀는 무도회에 갈 준비를 했고 난 그녀가 없을 때 네게 편지를 쓸 수 있어서 기뻤어. 옷을 입을 때는 거의 화를 내다시피 하지만 우리 소피는 무도회에 가는 걸 항상 몹시 좋아하지. 나는 도통 이해할 수 없어, ma chère, 무도회에 가는 게 즐겁다니 말이야. 소피는 아침 여섯 시에 무도회에서 돌아오는데 나는 그녀의 창백하고 여윈 모습을 보고는 불쌍한 그녀가 거기서 아무것도 먹지 않았구나, 추측하지. 솔직히 말해서 나는 도저히 그렇게 살 수 없어. 만약 소스를 곁들인 들꿩 요리나 구운 닭 날개를 주지 않는다면… 내가 어떻게 될

지 모르겠어. 소스를 곁들인 죽도 좋지. 그런데 당근이나 순무, 아티초크는 좋아할 일이 결코 없을 거야…….

아주 거친 문체다. 사람이 쓰지 않은 게 바로 보인다. 잘 시작하다가 개같이 끝난다. 다른 편지 하나를 더 보자. 뭔가 길다. 흠! 날짜도 쓰지 않았다.

아! 자기야, 봄이 가까이 왔음을 뚜렷이 느껴. 내 가슴은 무언가를 내내 기다리고 있는 듯 고동치고 있어. 귀에서는 계속 시끄러운 소리가 들려. 그래서 나는 자주 앞발을 들고 몇 분 동안 서서 문가에서 들리는 소리에 귀 기울이곤 해. 고백하건대 내게 구애하는 개들이 많아. 나는 창가에 앉아서 자주 그 개들을 살펴봐. 아, 개네들 중에 못난이도 있다는 걸 네가 알아야 하는데. 정말 못생긴 잡종견 하나는 끔찍할 정도로 멍청해서 얼굴에 멍청하다, 라고 써져 있어. 이 개는 위풍당당하게 거리를 걸어 다니고 자신이 아주 고귀하다고 상상해서 모두가 자신을 그렇게 본다고 생각해. 전혀 그렇지 않은데 말이야. 난 일말의 관심조차 주지 않았고, 그래서 그를 못 본 척해. 하지만 내 창문 앞에 그레이트 데인이 멈춰 서 있으면 얼마나 무서운지! 만약 뒷발로 그가 일어서면, 무뢰한인 그가 그렇게 할 수는 없을 테지만 말이야, 아마 역시 상당히 키가 크고 뚱뚱한 소피의 아빠보다 머리 하나만큼 클 거야. 이 머저리는 파렴치하고 아주 역겨워. 내가 그를 향해 으르렁거렸지만 꿈쩍도 안 해. 얼굴을 찡그리지도 않는다니까! 자기 혀를 내밀고 거대한 귀를 늘어뜨린 채 창문을 바라보는데, 완전 촌뜨기야! 그러나 ma chère, 네가 정말 내 심장이 모든 아침에 냉담하다고 생각하고 있다면, 아, 그건 아니야… 네가 이웃집 담을 기어 넘어오는, 트레조르라는 이름의 멋진 청년을 보아야 하는데. 아, ma chère, 그의 얼굴이 얼마나 귀여운지!

퉤! 제기랄!… 완전 허튼 소리잖아!… 어떻게 이런 바보 같은 말로 편지를 채울 수가 있지. 내게 사람에 대한 이야기를 달라고! 나는 사람을 보길 원해. 나의 영혼을 배부르게 하고 유쾌하게 해줄 그런 양식이 필요하단 말이야. 이런 쓸데없는 것들 대신에… 더 나은 게 있을 수도 있으니 한 장 넘겨보자.

……소피는 작은 탁자 앞에 앉아 무슨 수를 놓고 있었어. 난 지나가는 사람들을 보는 걸 좋아해서 창밖을 바라보고

있었고. 갑자기 하인이 들어와서 "테플로프 씨가 오셨습니다!"라고 말했고 "들어오라고 해."라고 소피가 소리치며 나를 확 껴안았어. "아, 멧지, 멧지! 이 사람이 누구인지 네가 알아야 하는데. 어두운 갈색 머리의 시종무관인데, 눈은 얼마나 멋진지! 마치 불꽃처럼 검고 반짝거려." 그리고 소피는 자신의 방으로 뛰어갔어. 곧 검은 구레나룻의 젊은 시종무관이 들어왔지. 그는 거울 쪽으로 다가가서 머리카락을 정돈하고 방을 둘러보았어. 나는 잠시 으르렁거리다가 제자리에 가서 앉았어. 얼마 지나지 않아 소피가 나왔고 그가 양쪽 신발 뒤축을 붙이고 경례하는 것에 응답하여 쾌활하게 인사했어. 나는 아무것도 못 본 척 창문을 계속 바라보았지. 하지만 머리를 옆으로 살짝 기울이고 그들이 무슨 이야기를 하는지 엿들으려고 노력했어. 아! ma chère, 그들이 얼마나 무의미한 말을 하던지! 그들은 어느 부인이 춤을 추면서 어떤 한 동작 대신 다른 동작을 했다고 말했어. 또 어떤 보보프라는 사람이 가슴에 레이스 장식이 달린 셔츠를 입었는데, 그 모습이 황새를 꼭 닮았다느니, 그가 넘어질 뻔했다느니, 리디나라는 어떤 여자가 스스로는 자기 눈이 푸른색이라고 생각하는데 실상은 녹색이라느니, 이와 같은 것들에 대해 말하는 거야. 나는 혼자 생각해봤어. '만약 시

종무관을 트레조르와 비교해본다면 어떨까!' 맙소사! 하늘
과 땅 차이지! 첫째로, 시종무관의 얼굴은 굉장히 번들거리
고 넙데데하며 마치 검은 스카프를 두른 듯 주위에 구레나
룻이 있는 반면 트레조르의 얼굴은 갸름하고 이마 정중앙
에는 하얀 털이 나 있지. 트레조르의 허리를 시종무관과 비
교하는 것도 불가능해. 두 눈이며 행동거지, 몸가짐도 완전
히 달라. 오, 얼마나 큰 차이가 나는지! 나는 그녀가 자신의
시종무관에게서 무엇을 발견했는지 모르겠어. 무엇 때문에
그녀는 그에게 그렇게 열광하는 걸까?

여기엔 무언가 잘못된 것이 있는 것 같다. 시종무관이 그
녀를 그토록 사로잡았을 리가 없다. 좀더 보도록 하자.

내 생각에는 그녀가 만약 시종무관을 좋아한다면 아빠
의 서재에 앉아 있는 그 관리도 바로 좋아할 거야. 아, ma
chère, 그 관리가 얼마나 못생겼는지 네가 알면 좋을 텐데.
완전히 자루 속에 있는 거북이야……

도대체 이 관리가 누구지……?

니콜라이 고골 단편선

그의 성은 진짜 이상해. 그는 항상 앉아서 펜을 깎아. 그의 머리 위 머리카락들은 꼭 건초를 닮았어. 아빠는 항상 그를 하인 대신에 보내⋯⋯.

아마도 이 고약한 개가 나를 염두에 두고 있는 것 같다. 대체 내 머리카락 어디가 건초 같다는 거지?

소피는 그를 보면 웃음을 참지 못해.

거짓말하고 있네, 이 가증스러운 개가! 정말 추악한 혀로구나! 이게 질투 때문이라는 걸 내가 모르는 줄 아는 건가. 여기에 있는 게 누구의 음모인지 내가 모른다고 생각하나. 이건 과장의 음모야. 사실 그 인간은 나를 완강히 증오하기로 맹세했거든. 그래서 내게 해를 입히고, 또 입히고, 그렇게 매사에 해를 입히는 거야. 그래도 다른 편지 한 장을 더 보자. 거기서 아마도 사건의 전말이 드러나겠지.

Ma chère 피델, 오랫동안 편지를 쓰지 못해 미안해. 내게 너무 기쁜 일이 있었거든. 어떤 작가가 사랑은 제2의 삶이다, 라고 한 말은 정말 정확해. 게다가 우리 집에는 지금 큰 변화들이 생기고 있어. 시종무관이 요즘 매일 찾아와. 소피는 정신이 나갈 정도로 그를 사랑하고 있어. 아빠는 매우 기뻐하셔. 바닥을 쓸고 항상 혼잣말을 하는 우리 그리고리한테 들은 바에 의하면 곧 결혼식이 있을 거래. 왜냐하면 아빠는 소피가 장군이나 시종무관 혹은 대령과 결혼하는 걸 아주 보고 싶어하거든…….

제기랄! 더 이상 읽을 수가 없다……. 늘 시종무관 또는 장군이다. 항상 세상에서 제일 좋은 건 언제나 시종무관들이나 장군들의 차지가 된다. 변변치 못한 재물이라도 발견해서 손에 넣으려 생각하면 시종무관이나 장군이 빼앗아 간다. 빌어먹을! 난 장군이 되고 싶지만 그 이유가 청혼에 대한 허락을 받기 위해서나 기타 다른 것 때문이 아니다. 다만 내가 장군이 되길 원하는 이유는 그들이 아첨하면서 온갖 궁중의 음모를 저지르고 애매모호한 말을 하는 걸 보고 나서는 그들에게 '내가 당신들 둘에게 침을 뱉어주지!'라고 말하길 원해서이다. 빌어먹을! 분하다! 나는 멍청한 개의 편지들을 갈기갈기 찢어버렸다.

12월 3일

그럴 리가 없다. 거짓말이다! 결혼은 있을 수 없다! 그가 시종무관이라는 게 대체 뭐라고. 사실 그것은 관등 빼면 더 이상 아무것도 아니다. 손으로 잡을 수 있는, 무언가 보이는 물건이 아니란 거다. 시종무관이라고 해서 이마에 세 번째 눈이 더 달린 것도 아니다. 그의 코라고 해서 금으로 만들어진 게 아니라 나나 다른 사람들의 코와 마찬가지다. 그 코로 그가 냄새를 맡지, 먹고 재채기를 하고 기침을 하는 게 아니다. 나는 이 모든 다양한 일들이 무엇 때문에 일어났는지 이미 여러 번 이해하고 싶었다. 무엇 때문에 나는 9등 문관이고 어째서 나는 9등 문관일까? 어쩌면 나는 백작이나 장군인데 다만 9등 문관처럼 보이는 건 아닐까? 아마 나 자신도 내가 누구인지 모를 수도 있다. 사실 그런 수많은 예들이 역사에 있다. 어떤 평민이, 하물며 귀족도 아니고 단지 소상인이나 농민에 불과한 사람이 갑자기 무슨 고관대작으로, 때로 심지어 황제로 밝혀지는 것이다. 농부도 가끔 그렇게 되는 마당에 귀족도 그렇게 될 수 있지 않을까? 이를테면 내가 돌연 장군의 제복을 입고 걸어 들어가는 거다. 내 오른쪽 어깨와 왼쪽 어깨에 견장을 달고 한쪽 어깨를 가로질러 푸른 리본을 단다면 어떨까? 그러면 나의 미녀가 노래를 부르기 시작할까? 그녀의 아버지, 우리 국장은 뭐라고 말할까? 오, 그는 대단한 야심가인데! 그는 프리메이슨*, 틀림없는 프리메이슨으로, 비록 이 사람 저 사람인 척 가장해도 나는 그가 프리메이슨임을 바로 알아챘다. 만약 그가 악수를 한다면 두 손가락만 내밀 것이다. 나도 이제 곧 총독이나 감독관이나 그와 비슷한 직으로 승급할 수 있지 않을까? 나는 알고 싶다. 무엇 때문에 나는 9등 문관일까? 왜 나는 하필이면 9등 문관일까?

12월 5일

나는 오늘 아침 내내 신문을 읽었다. 스페인에서 이상한 일들이 일어나고 있다. 그것들을 제대로 이해조차 할 수 없다. 왕위가 비어서 신하들이 후계자를 선택하는 데에 곤란한 상황에 처해 있고, 그로 인해 혼란스러운 상태라는 것이다.** 내게는 정말 기이하게 보인다. 어떻게 왕위가 빌 수 있

---

* 서구 신비주의 전통을 바탕으로 모든 종교를 뛰어넘는 보편적인 종교를 추구하며, 형제애를 강조하는 정신 또는 그 모임이다. 단체의 기원에 대해서는 프리메이슨 내부에서도 논란이 있다.

** 1833년 스페인의 페르난도 7세가 사망한 후 발생한 왕위 계승 문제를 가리킨다. 페르난도 7세는 오랫동안 후사가 없었고, 살리카 법에 의하면 여성이 왕위에 오르는 것은 금지되어 있었다. 그러나 자신에게서 딸이 태어날 것을 대비해 페르난도 7세는 1830년 3월 살리카 법을 폐지하였고, 그해 10월 네 번째 부인에게서 딸 이사벨 2세가 태어났다. 페르난도 7세의 사망하자 네 번째 부인 마리아 크리스티아나는 세 살 된 이사벨 2세를 대신해 섭정하

는가? 어느 귀부인이 왕위에 올라야만 한단다. 하지만 귀부인이 왕위에 오를 수는 없다. 절대 그럴 수는 없다. 왕위에는 왕이 있어야 한다. 그런데 왕이 없단다. 왕이 없을 리가 없다. 왕이 없는 국가는 있을 수가 없다. 왕이 있는데 다만 어딘가 모르는 곳에 있을 뿐이다. 그는 아마 바로, 그곳에 있지만 어떤 가족과 관련된 이유가 혹은 인접 국가들로부터의 위협이 있을 것이다. 즉 프랑스나 다른 나라들이 그에게 은신하고 있을 것을 강요하거나 또는 어떤 다른 이유들이 있는 것이다.

12월 8일

난 관청에 가는 걸 벌써부터 몹시 원하고 있었지만 여러 이유와 생각들이 나를 저지했다. 스페인에서 발생한 사건들이 내 머릿속에서 계속해서 떠나지 않고 있었다. 귀부인이 여왕이 된다니, 이것이 어떻게 가능한가? 그것을 허락하지 않을 것이다. 첫째로 영국이 허락하지 않을 것이다. 게다가 유럽 전체와 관련된 정치적인 일들이다. 오스트리아의 황제와 우리 국왕과… 고백하건대 이 사건들이 나를 너무

였고 이에 유력한 왕위 계승 후보였던 카를로스 백작이 반발하며 반란을 일으켰다(카를로스 전쟁). 7년에 걸친 이 내전은 1839년, 이사벨 2세의 최종 승리로 막을 내렸다.

도 압도하고 뒤흔들어놔서 하루 종일 아무것도 할 수가 없었다. 마브라는 내가 책상 앞에 앉아서 완전히 멍하게 있었다고 말해주었다. 확실히 나는 산만한 상태에서 접시 두 개를 바닥에 떨어뜨려 깨뜨렸다. 저녁 식사 후에 산 근처에 다녀왔다. 교훈이 될 만한 것을 찾아낼 수 없었다. 대부분의 시간을 침대에 누워 스페인에서 일어난 사건들에 대해 깊이 생각했다.

2000년 4월 43일

오늘은 가장 위대하고도 장엄한 날이다! 스페인에는 국왕이 있다. 그가 발견되었다. 그 왕은 나다. 바로 오늘에서야 그에 대해 나는 알게 되었다. 고백하자면 마치 번개처럼 갑작스레 그 생각이 내게 번뜩였다. 내가 9등 문관이라는 것을 어떻게 생각하고 상상할 수 있었는지 이해가 되지 않는다. 이런 미친 생각이 어떻게 내 머릿속에 떠오를 수 있었을까. 아직 그 누구도 나를 정신병원에 집어넣으려 생각하지 않아서 다행이다. 지금 내 앞에서 모든 것이 밝혀졌다. 이제 나는 마치 손바닥을 들여다보듯 모든 것을 보고 있다. 한편 예전에는, 잘 이해가 안 되는데, 내 앞의 모든 것이 어떤 안개에 덮여 있었다. 그리고 이 모든 것은, 내 생각에, 사람들이 인간의 뇌가 머릿속에 있다고 상상해서 일어난 거다. 전혀 그렇지 않다. 뇌는 카프리 해 쪽에서 바람을 타고 온다. 먼저 나는 마브라에게 내가 누군지 밝혔다. 자신 앞에 스페인 왕이 있다는 것을 들은 그녀는 손뼉을 치며 두려움으로 인해 거의 죽을 것만 같았다. 그녀는 우둔해서 아직 한 번도 스페인 왕을 본 적이 없었다. 나는 그녀를 진정시키려 애쓰면서 그녀가 나의 호의를 확신하게끔 너그럽게 말하는가 하면, 그녀가 가끔 내 부츠를 형편없이 닦은 것에 대해서도 전혀 화나지 않는다고 했다. 그러나 이 사람은 평민이다. 평민에게 고상한 문제에 대해 말해서는 안 된다. 그녀가 놀란 이유는 스페인에 있는 모든 왕들이 마치 펠리페 2세처럼 생겼다는 확신을 갖고 있었기 때문이었다. 나는 그녀에게 나와 펠리페 사이에는 닮은 게 전혀 없고 내게는 카푸친*적인 것이 단 하나도 없다고 설명했다⋯⋯. 관청에는 가지 않았다. 제기랄! 아니, 친구들이여, 이제 나를 속이지 말게. 나는 당신들의 구역질나는 서류들을 정서하지 않을 거야!

---

* 카푸친 작은 형제회(Ordo Fratrum Minorum Capuccinorum)의 수도사를 일컫는다. 긴 세모꼴 두건 '카푸치오'가 달린 갈색 수도복을 입어서 '카푸치니'라는 별명과 카푸친이라는 이름을 얻게 되었다. 아시시의 프란치스코 성인을 따르는 수도회의 한 갈래이자 내부에서 지속되어온 개혁들 중 하나로, 1525년 바시오의 마태오의 개혁 운동에 의해 시작되었다.

마르토브리 86일.* 낮과 밤 사이

이미 3주 넘게 관청에 가지 않고 있어서 오늘 회계 감사관이 와서 부서에 나와달라고 했다. 나는 장난삼아 관청에 갔다. 과장은 내가 자신에게 굽실거리며 용서를 구할 거라 생각했지만 나는 그를 그리 노엽거나 호의적이지 않은 무관심한 표정으로 바라보았고 마치 아무도 보지 않은 듯 제자리에 앉았다. 나는 관청 사무실의 모든 어중이떠중이들을 바라보며 생각했다. '너희 가운데 누가 앉아 있는지를 알게 된다면… 아! 어떤 소동이 일어날까, 그리고 과장도 지금 국장 앞에서 인사하듯 그렇게 허리를 굽혀 내게 인사하기 시작하겠지.' 내 앞에는 요약해야 할 무슨 서류가 놓여 있었다. 그러나 거기에 손가락도 대지 않았다. 몇 분 후 모두가 분주해졌다. 국장이 온단다. 많은 관리들이 그 앞에 자신을 드러내기 위해 앞다투어 뛰어다니기 시작했다. 그가 우리 부서를 지날 때 모두가 자신의 연미복 단추를 잠갔다. 그러나 나는 전혀 개의치 않았다! 국장이 뭐라고! 나는 그 앞에서 결코 일어서지 않을 거다. 그가 도대체 무슨 국장이란 말인가? 그는 국장이 아니라 코르크 마개이다. 평범

---

* '마르토브리(martobr)'는 3월을 의미하는 러시아어 '마르트(mart)'에 9월, 10월, 11월, 12월의 어미 '브리(br)'를 붙인 것이다. 영어로 치면 'marchober' 정도이다.

한 코르크 마개, 보통의 코르크 마개 그 이상이 아니다. 병의 구멍을 틀어막는 바로 그것 말이다. 서명하라고 내게 서류를 들이밀었을 때가 무엇보다도 재미있었다. 그들은 내가 종이 맨 귀퉁이에 이렇게 쓸 거라고 생각했다. '주임 아무개', 그렇지 않은가? 그러나 나는 국장이 서명하는 바로 그 자리에 '페르난도 8세'라고 갈겨썼다. 얼마나 경건한 침묵이 깃들었는지 봤어야 했다. 그러나 나는 다만 손을 까닥이며 "그 어떤 경의도 표할 필요가 없다."라고 말한 후 나갔다. 거기서 나는 곧바로 국장의 집으로 갔다. 국장은 집에 없었다. 하인은 나를 들여보내고 싶지 않아 했지만 내가 뭐라고 하니까 기세를 꺾었다. 나는 바로 내실로 향했다. 그녀는 거울 앞에 앉아 있다가 펄쩍 뛰어올라 내게서 물러섰다. 그렇지만 나는 그녀에게도 내가 스페인의 왕이라고 말했다. 나는 그녀가 상상조차 할 수 없는 그런 행복이 그녀를 기다리고 있고 적들의 간계에도 불구하고 우리가 함께하게 될 거라는 말만 했을 뿐이다. 나는 더 이상 그 어떤 말도 하고 싶지 않아서 밖으로 나왔다. 오, 이 교활한 존재, 여자들이여! 나는 여자란 어떤 존재인지 이제야 납득하게 되었다. 지금까지는 그녀가 누구와 사랑에 빠지는지 아직 아무도 알지 못했다. 내가 처음으로 그것을 발견했다. 여자는 악마와 사랑에 빠진다. 그래, 이건 농담이 아니다. 물리학자들은 여자는 이렇다, 저렇다라고 무의미한 것들을 쓰는데, 그녀가 사랑하는 것은 오직 악마 하나뿐이다. 저기, 2층 발코니 특별석에서 그녀가 오페라글라스로 보는 모습을 보라. 당신은 그녀가 별*을 단 뚱보를 보고 있다고 생각하는가? 전혀 아니다. 그녀는 그의 등 뒤에 서 있는 악마를 보고 있다. 저기서 악마는 그의 별** 뒤에 숨었다. 그는 거기서 그녀를 향해 손가락을 까닥거린다! 그리고 그녀는 그와 결혼할 것이다. 결혼을 하는 것이다. 그런데 그들의 직위가 높은 아버지들, 이들 모두는 사방팔방 분주히 돌아다니며 궁중으로 기어들어가 자신들은 애국자라는 둥 이래저래 말을 한다. 포상을, 이 애국자들은 포상을 원하는 것이다! 돈을 위해서라면 어머니, 아버지, 신도 팔아넘길 것이다. 이 야심가들, 유다들은! 이것은 모두 야심이며 이 야심은 혀 아래에 위치한 작은 물집에서 기인하는 것으로 이 물집 안에는 핀의 머리만 한 크기의 작은 벌레가 있고, 이 모든 것을 고로호바야 거리에 사는 이발사가 만든다. 나는 그의 이름이 뭔지 기억나지 않는다. 그러나 확실히 알려진 사실은 그가 한 산파

* 훈장을 의미한다.
** 작품의 다른 판본에는 별이 아니라 연미복으로 되어 있다.

와 함께 전 세계에 마호메트교를 전파시키길 원한다는 것이고, 그 결과, 사람들의 말에 의하면, 프랑스에서는 대부분의 사람들이 마호메트 신앙을 받아들였단다.

어느 것도 아닌 날.

일자 없는 날.

신분을 감추고 넵스키 대로를 걸어 다녔다. 황제 폐하가 마차를 타고 지나갔다. 도시의 모든 사람들이 모자를 벗었고 나도 그렇게 했다. 그러나 내가 스페인의 왕이라는 그 어떤 티도 내지 않았다. 사람들이 전부 있는 데에서 드러내는 것은 예의 바르지 않다고 생각했다. 왜냐하면 무엇보다도 먼저 궁중에 나타나야 한다. 나를 막은 것이라고는 여태껏 왕의 의복을 갖고 있지 않다는 것뿐이었다. 아무런 긴 망토라도 손에 넣으면 좋겠는데. 재봉사에게 주문하고 싶었지만 재봉사들이란 완전 당나귀처럼 멍텅구리들인 데다가 자기 일을 아주 소홀히 하고 사기나 치며 대부분은 길을 포장하고 있다. 나는 통틀어 두 번밖에 안 입은 새 관리복으로 긴 망토를 만들기로 결정했다. 이 악당들이 망칠 수 없도록 문을 잠근 후 내가 직접 바느질을 하기로 결심했다. 재단법이 완전히 달라야 하므로 가위로 제복 전체를 조각조각 잘랐다.

일자가 기억나지 않는다. 월도 없다.

뭐가 뭔지 도무지 모르겠다.

긴 망토가 완벽하게 준비되었고 바느질도 끝났다. 내가 그것을 입자 마브라가 소리를 질렀다. 그러나 아직 나는 궁중에 나타날지 결정하지 못하고 있다. 아직 스페인으로부터의 사절단은 없다. 사절단이 없는 것은 예의에 어긋난다. 내 존엄과 위신이 전혀 서지 않을 것이다. 그들을 매시간 기다리고 있다.

1일

사절단의 도착이 지체되어 굉장히 놀라고 있다. 대체 어떤 이유들이 그들을 만류할 수 있는 건지. 정녕 프랑스일까? 그래, 이 나라는 가장 비협조적인 강국이다. 스페인 사절단이 도착했는지 문의하러 우체국에 다녀왔다. 그렇지만 우체국장이 상당히 멍청해서 아무것도 아는 바가 없다. "아니요". 그가 말했다. "여기에는 그 어떤 스페인 사절단도 없습니다만, 편지를 쓰길 원하신다면 규정 요금으로 접수해 드리죠." 제기랄! 편지라고? 편지는 쓸데없는 것이다. 약사들이나 편지를 쓴다…….

마드리드에서 2워-얼 30일

이리하여 나는 스페인에 와 있고, 이 일이 너무도 빨리 일어나서 간신히 정신을 차릴 수 있을 지경이다. 오늘 아침에 스페인 사절단이 내게 나타났고 나는 그들과 함께 사륜 유개마차에 탔다. 속도가 대단히 빨라 기이하게 느껴졌다. 마차를 타고 질주했기에 30분 후에 스페인의 국경에 도달했다. 하긴 요즘에는 전 유럽에 철길이 놓여 있고 기선들도 굉장히 빠르게 항해한다. 스페인은 이상한 나라이다. 우리가 첫 번째 방으로 들어갔을 때 나는 머리카락을 다 밀어버린 수많은 사람들을 보았다. 그러나 나는 이들이 도미니크회나 카푸친회의 수사들*임에 틀림없다고 추측했는데, 왜냐하면 이들은 머리털을 면도하기 때문이다. 국가 수상이 내 손을 잡고 데려갔는데 사람을 대하는 그의 태도는 매우 이상하게 여겨졌다. 그는 나를 크지 않은 방에 밀어 넣으며 말했다. "거기 앉아. 만약 스스로를 페르난도 왕이라고 부르면 다시는 그러지 못하게 두들겨 팰 거야." 하지만 나는 이것이 유혹에 불과할 뿐 아무것도 아님을 알기에 부정적인 답변을 했고, 그러자 수상은 곤봉으로 내 등을 두 번 아프

---

* 작품의 다른 판본에는 최고 귀족과 병사들이라고 되어 있다.

게 때려서 소리를 지를 뻔했다. 그러나 스페인에는 지금까지 기사의 관습들이 계속 남아 있는 고로, 이것이 고위직에 오를 때 행하는 기사들의 관습임을 상기하고는 참았다. 혼자 남게 되자 나는 정무를 수행하기로 결심했다. 나는 중국과 스페인은 완전히 하나, 똑같은 땅이지만 단지 무지몽매해서 그들을 다른 국가로 여기고 있음을 발견했다. 다들 종이에 일부러 스페인이라고 써볼 것을 조언하는 바이다. 그러면 중국이 나올 것이다. 하지만 내일 있을 일이 나를 너무도 슬프게 했다. 내일 일곱 시에 이상한 현상이 발생할 것이다. 지구가 달 위에 올라앉을 것이다. 이것에 대해서는 유명한 영국의 화학자 웰링턴도 쓰고 있다. 고백하자면 나는 달이 지닌 극도의 부드러움과 연약함을 생각할 때 심적 불안감을 느꼈다. 사실 달은 함부르크에서 만들어진다. 그것도 아주 졸렬하게 만들어진다. 나는 영국이 이것을 주목하지 않는 것에 놀라고 있다. 절름발이 통 제조업자가 달을 만드는데, 이 바보는 달에 대해 아무런 지식도 없는 게 분명하다. 그는 송진을 바른 밧줄과 약간의 나무 기름을 넣었다. 그로 인해 지구 전체에 끔찍한 악취가 나고 그래서 코를 틀어막아야 한다. 그런고로 달 자체가 그렇게 연약한 구인 것이고, 그래서 사람들이 도저히 살 수가 없어서 거기에는 지금 오직 코들만 살고 있다. 그러므로 우리는 자신의 코를 볼 수 없는데, 코가 전부 달에 있기 때문이다. 지구는 무거운 물질이어서 달 위에 올라앉으면 우리 코들이 가루가 될 수 있다고 생각하자 나는 불안에 사로잡혀 긴 양말과 반장화를 신고는 지구가 달 위에 앉는 것을 허용하게 하지 말라는 명령을 경찰에 내리기 위해 국회의사당으로 서둘러 뛰어갔다. 국회의사당에서 만난, 머리털을 민 어마어마한 수의 카푸친회 수사들은 매우 영리한 사람들이어서 내가 "여러분, 지구가 달 위에 올라앉으려 하니 달을 구해야 합니다."라고 말하자 그 즉시 나의, 군주의 소망을 수행하기 위해 뛰쳐 왔고 많은 이들이 달에 닿기 위해 벽에 기어올라갔다. 그러나 이때 위대한 수상이 들어왔다. 그를 보고는 모두가 사방으로 도주했다. 왕인 나는 홀로 남았다. 그러나 수상은 놀랍게도 곤봉으로 나를 때렸고 내 방으로 내몰았다. 스페인에서는 국민들의 관습이 이렇게 큰 힘을 가지는구나!

2월 이후에 발생한,

같은 해의 1월

여전히 나는 스페인이 대체 어떤 나라인지 이해할 수가

없다. 국민들의 관습과 궁중의 예의범절이 너무도 기이하다. 이해가 안 된다. 이해가 안 된다. 결단코 아무것도 이해되지 않는다. 온 힘을 다해 수도승이 되길 바라지 않는다고 소릴 질렀음에도 불구하고 오늘 내 머리카락을 다 밀어버렸다. 내 머리 위로 찬물을 똑똑 떨어뜨리기 시작했을 때 내게 일어난 일을 나는 이미 기억할 수도 없다. 그런 지옥을 난 여태껏 한 번도 느껴본 적이 없었다. 내가 거의 광란의 분노 상태에 빠져들었던 까닭에 사람들이 나를 간신히 저지할 수 있었다. 나는 이 이상한 관습의 의미를 전혀 이해할 수 없다. 어리석고 무의미한 관습이다! 지금까지 그것을 폐지하지 않은 왕들의 무분별함도 내게는 납득되지 않는다. 모든 가능성을 염두에 두고 판단하건대, 다음과 같이 추측할 수 있다. 나는 종교재판의 손에 떨어진 게 아닐까. 내가 수상이라고 여겼던 자는 바로 종교재판장이 아닐까. 다만 내가 아직도 이해할 수 없는 것은 어떻게 왕이 종교재판을 받을 수 있느냐 하는 것이다. 이는 프랑스 쪽, 특히 폴리냐크*가 벌인 짓임에 틀림없다. 오, 이 교활한 놈, 폴리냐크! 그는 내가 죽을 때까지 나를 괴롭히리라 맹세했다. 그

---

* 폴리냐크(Jules-Armand, Prince de Polignac, (1780~1847))는 프랑스 왕정복고 시절의 마지막 총리로 1830년 7월 혁명 직전까지 샤를 10세와 함께 보수 반동 정책을 폈다.

니콜라이 고골 단편선

래서 나를 쫓고 또 쫓는 것이다. 하지만 나는 잘 아네, 친구, 영국인이 너를 조종하고 있다는 걸 말이야. 영국인은 대단한 정치가이다. 그는 야단법석을 떨며 도처를 돌아다닌다. 영국이 코담배를 맡으면 프랑스가 재채기를 한다는 건 이미 전 세계에 잘 알려져 있다.

25일

오늘 종교재판장이 내 방에 왔지만 나는 멀리서 그의 발소리를 듣고는 의자 밑에 숨었다. 그는 내가 없는 걸 보자 부르기 시작했다. 처음엔 "포프리신!" 하고 소리질렀다. 나는 한마디도 하지 않았다. 그 다음엔 "아크센티 이바노프! 9등 문관! 귀족!"이라고 불렀다. 나는 계속 침묵했다. "페르난도 8세, 스페인 왕!" 나는 머리를 내밀고 싶었으나 뒤이어 이렇게 생각했다. '아니, 형제여, 누굴 속이려고! 우리는 너를 알아. 다시 차가운 물을 내 머리에 부을 거잖아.' 그러나 그는 나를 보았고 곤봉으로 의자 아래에서 내몰았다. 망할 놈의 곤봉이 극도로 아프게 때려댄다. 그런데 오늘 한 발견이 이 모든 것을 보상해주었다. 나는 모든 수탉이 스페인을 가지고 있다고, 그 깃털들 아래에 스페인이 위치해 있다는 것을 깨달았다. 격노한 종교재판장은 내게 무슨 벌을 주겠다고 위협하면서 떠났다. 그러나 나는 그가 마치 기계처럼 영국인의 도구로서 행동하고 있다는 것을 알기 때문에 그의 무력한 악의를 철저히 무시해버렸다.

ㄴㄴ349ㅕ 2월 이34ㄹ

아니, 난 더 이상 참을 힘이 없다. 하나님! 그들이 내게 무슨 짓을 하는지요! 그들은 내 머리에 찬물을 들이붓습니다! 그들에겐 내 말이 들리지도, 내가 보이지도 않고 내 말을 주의 깊게 듣지도 않습니다! 내가 그들에게 무엇을 했다는 건가요? 무엇 때문에 그들은 나를 괴롭히는 건가요? 가여운 내게서 그들은 무엇을 원하는 건가요? 내가 그들에게 무엇을 줄 수 있나요? 나는 아무것도 가진 게 없습니다. 나는 힘이 없어요. 그들이 가하는 모든 고통을 견딜 수 없어요. 내 머리는 불타오르고 내 앞의 모든 것이 빙글빙글 돌고 있어요. 날 구원해주세요! 날 데려가주세요! 내게 돌풍처럼 빠른 말들이 끄는 트로이카를 주세요. 올라타라, 내 마부여, 울려라, 나의 작은 종이여, 날아올라라, 말들이여, 그래서 나를 이 세상에서 데려가라! 멀리, 멀리, 그래서 아무것도, 아무것도 보이지 않도록. 내 앞에서 저기 하늘이 연기처럼 피어오른다. 별이 저 멀리서 반짝인다. 거무스레

한 나무들 그리고 달과 함께 숲이 질주한다. 회청색의 안개가 발아래에 펼쳐진다. 안개 속에서 현이 울린다. 한쪽에는 바다가, 다른 쪽에는 이탈리아가 있다. 저기 러시아의 농가도 보인다. 저 멀리 푸르스름하게 보이는 것은 우리 집이 아닐까? 창문 앞에 앉아 계시는 이는 우리 엄마가 아닐까? 엄마, 당신의 가여운 아들을 구해주세요! 그의 아픈 머리에 눈물을 떨어뜨려주시고 그들이 아들을 어떻게 괴롭히는지 보세요! 당신의 가여운 고아를 가슴에 꼭 안아주세요! 이 세상에 그의 자리는 없습니다! 사람들이 그를 내몰아요! 엄마! 당신의 아픈 아이를 불쌍히 여겨주세요!… 그런데 프랑스 국왕*의 코 밑에 혹이 있는 걸 혹시 아시나요?

* 다른 판본에는 알제리 총독으로 되어 있다.

소로친치 시장

Сорочинская ярмарка*

* 소로친치 시장은 작가 고골의 고향인 우크라이나 폴타바 주의
미르고로드 구 대(大)소로친치 마을에서 열리는 시장이다.

I

나는 오두막에서 사는 것이 지긋지긋하니.

아, 집으로부터 나를 데려가다오,

시끌벅적한 곳으로,

처녀들이 명랑하게 춤추는 곳으로,

청년들이 즐겁게 노니는 곳으로!

_전해져 내려오는 옛 노래에서

소러시아*의 여름날은 얼마나 화창하고 얼마나 근사한지! 정오가 정적과 무더위 속에서 반짝일 때, 나른한 반구형 지붕처럼 땅 위로 휘어지는 푸르고 광활한 대양이 아름다운 대지를 가벼운 공기 중에서 포옹하며 충만한 만족감에 사로잡혀 잠든 듯 보일 때, 바로 그때 그 시간들은 어찌나 괴롭도록 무더운지! 그 위로는 구름 한 점 없다. 들판에

* 우크라이나의 옛 명칭이다.

서는 아무런 말소리도 들리지 않는다. 모든 것이 죽은 듯하다. 다만 위에서, 하늘의 심연 속에서 종달새가 전율하고 은빛 선율이 공기 계단을 따라 사랑하는 대지로 날아 내려오며, 저 멀리서 갈매기 울음소리 혹은 메추리의 쟁쟁한 울음소리가 스텝에 울려 퍼진다. 구름 아래의 참나무들은 게으르게 그리고 아무 생각 없이 마치 목적 없이 걷는 듯 서 있고 눈부시게 반짝거리는 태양 광선은 그림같이 아름다운 나뭇잎 무더기들을 태워버릴 듯 비추며 다른 나뭇잎들에는 강풍이 불 때에만 금빛이 뿌려지는 칠흑같이 어두운 그림자를 던진다. 에메랄드, 토파즈, 루비처럼 반짝이는 대기가 곤충들처럼 쭉 뻗은 해바라기들로 덮인 알록달록한 텃밭 위로 쏟아져 내린다. 회색빛의 말린 건초들과 금빛 밀단들이 텐트처럼 들판에 자리잡아 무한한 들판 위를 유랑한다. 무거운 열매들 때문에 휘어버린, 버찌, 자두, 사과, 배가 달린 큰 가지들. 하늘, 깨끗한 거울 같은 하늘은 오만하게 솟아오른 녹색 틀 속의 강과 같으니… 소러시아의 여름은 안온한 쾌락으로 충만하다!

이렇게 화려하게 빛났던 날은 무더운 8월의 어느 날로, 그 해는 1천 8백… 8백… 그렇다. 소로친치라는 장소에 이르는 10베르스타* 되는 길이 인근 마을과 멀리 떨어진 마을에서 시장으로 서둘러 가는 사람들로 붐비던 때는 30년 전쯤이 될 것이다. 아침부터 벌써 소금과 생선을 실은 끝없는 달구지꾼들의 끝없는 행렬이 이어졌다. 건초에 싸인 항아리 산들이 천천히 움직이면서 마치 자신이 어둠 속에 갇히게 된 것을 갑갑해하는 듯했다. 여기저기에 선명하게 채색된 사발 혹은 단지만이 짐수레 위 높게 올려 쌓은 울타리 너머로 자랑스럽게 자신을 내보이면서 화려함을 좋아하는 이들의 감격에 찬 시선을 잡아끌었다. 많은 행인들이 부러움의 눈길로 키 큰 도공을 힐끔거렸다. 이 값진 제품의 주인은 멋지고 예쁜 옹기들을 투박한 건초로 세심하게 둘둘 싸면서 느린 발걸음으로 자기 소유의 상품 뒤를 따라 걸어가고 있었다.

한쪽에서 홀로 기진맥진한 수소가 자루며 대마, 린넨, 다양한 가정용 물품들을 실은 짐마차를 끌고 있었고, 그 뒤를 따라 깨끗한 린넨 셔츠와 더러워진 통 넓은 린넨 바지를 입은 주인이 터벅터벅 걷고 있었다. 그는 게으른 손으로 까무잡잡한 얼굴에서 흠뻑 흘러내리는 땀과 부르지 않아도 미남이든 추남이든 가리지 않고 나타나서는 수 천 번 강제

---

* 10베르스타는 10,668킬로미터, 350피트에 해당한다.

로 모든 인간 종에게 분칠하는, 고집 센 이발사가 분을 바른 긴 콧수염에서 방울져 흘러내리는 땀을 훔쳐냈다. 그의 옆에는 짐마차에 묶인 암말이 걷고 있었는데 그 유순한 모습은 암말의 나이가 많음을 보여주고 있었다. 마주 오는 수많은 사람들, 특히 젊은이들은 우리 농군과 나란히 갈 때 모자를 벗었다. 그러나 이들을 이렇게 하도록 한 것은 그의 희끗희끗한 콧수염도 위풍당당한 발걸음도 아니었다. 이런 경의를 표하도록 한 원인을 보기 위해서는 다만 눈을 좀 더 위로 올리기만 하면 되었다. 짐마차 위에는 동그란 얼굴에 밝은 갈색 눈 위 가지런한 호선 모양의 눈썹, 무사태평한 미소를 짓고 있는 장밋빛 입술, 긴 머리채와 들꽃 한 묶음을 화려한 왕관처럼 빨갛고 파란 끈으로 묶은 매혹적인 머리의 예쁘장한 딸이 앉아 있었다. 모든 것이 그녀의 주의를 사로잡은 듯했다. 모든 것이 그녀에게는 기적 같았고, 새로웠던 것이다… 그래서 예쁜 눈은 한 물체에서 다른 물체로 끊임없이 분주히 옮겨 다녔다. 어찌 산만하지 않겠는가! 처음으로 시장에 온 것인데! 처녀는 열여덟 살에 처음으로 시장에 온 것이다!… 하지만 걸어가는 사람이나 마차를 타고 가는 사람들 중 그녀가 아버지에게 자신을 데려가 달라고 간청하느라 어떤 값을 치러야 했는지는 그 누구도 알지 못했다. 그가 오랫동안 헌신하다 이제는 팔려 가느라 느릿느릿 끌려가는 늙은 암말의 고삐를 쥐고 있듯이, 남편을 교묘하게 좌지우지하는 법을 터득한 사악한 계모만 아니었더라면 그는 진심으로 기뻐하며 그 전에 딸을 시장에 데리고 갔을 것이다. 계모는 가만히 있지를 못하는 여자였다… 그러나 우리는 마치 흰 담비 털로 만든 재킷처럼 끝부분이 빨간색으로만 박음질되어 있는 화려한 녹색 양모 재킷을 입은 그녀 역시 저기 짐마차 위 높은 곳에 앉아 있다는 사실을 망각했다. 계모는 체스판처럼 알록달록한 값비싼 플라흐타*를 입고, 살찐 붉은 얼굴에 어떤 특별한 위엄을 부여해주는 꽃무늬 모자를 쓰고 있었는데, 그 얼굴에는 불쾌하고 야만적인 무언가가 스쳐 지나가는 바람에 그녀의 얼굴을 본 사람은 즉시 자신의 심란한 시선을 딸의 유쾌한 얼굴로 서둘러 옮겼다.

프숄강**이 이미 우리 여행자들의 눈앞에 펼쳐지기 시작했다. 벌써 멀리서부터 괴롭고 파괴적인 더위 이후 더 뚜렷이 느껴지는 서늘한 기운이 불어왔다. 초원에 산재한 포플

---

* 우크라이나의 전통 민속 의상으로 직사각형의 천을 허리에 둘러 입는 일종의 치마이다.
** 러시아어로 프숄(우크라이나어로 푸시올 혹은 프셀)강은 러시아와 우크라이나의 영토를 지나 흐르는 강으로 드네프르강의 왼쪽 지류이다.

러나무며 자작나무의 암녹색과 연초록의 잎사귀들을 관통하여 한기를 덧입은 빛이 반짝였고 미녀와 같은 강은 나무들의 구불구불한 머리채가 드리워진 자신의 은빛 가슴을 화려하게 드러냈다. 거울 앞의 미녀를 떠올려보라. 그녀의 눈부시게 빛나는 오만한 이마와 백합처럼 새하얀 어깨, 끝없는 변덕으로 장신구를 이것저것 바꾸며 경멸적으로 고개를 흔들 때마다 아마빛 머리에서 물결처럼 떨어지는 머리카락으로 덮이는 대리석같이 희고 매끄러운 목을 거울은 시샘을 부리면서도 충실하게 담아낸다. 바로 그 황홀한 순간의 미녀같이 제멋대로인 강은 거의 매년 그 주변을 변화시키며 새로운 수로를 선택하고 각양각색의 새 풍경으로 자신을 둘러싼다. 일련의 물방앗간은 무거운 바퀴 위로 광대한 물결을 들어올려 주변에 큰 소음이 일 정도로 세게 내던지면서 물방울들을 흩뿌리고 사방에 거품을 일으켰다. 이때 우리가 알고 있는 승객들을 태운 짐마차는 다리 위에 있었고 강은 완전무결한 유리처럼 아름답고 장엄하게 그들 앞에 펼쳐져 있었다. 하늘, 푸르고 파란 숲들, 사람들, 항아리를 실은 마차들, 물방앗간, 이 모든 것이 뒤집어져 푸르고 아름다운 심연 속으로 빠져들지 않은 채 서 있거나 걸어가고 있었다. 우리의 미녀는 화려한 풍경을 바라보면서 생각

171
소로친치 시장

에 잠겼고, "이야, 거참 예쁜 아가씨네!"라는 말이 돌연 그녀의 귀에 들려오자마자 오는 내내 부지런히 까먹던 해바라기 씨조차 잊어 버렸다. 돌아보다가 그녀는 다리 위에 서 있는 청년 무리 중 다른 사람들보다 더 멋지게 차려입은, 기장이 긴 흰색 상의*에 곱슬곱슬한 회색 양털 모자를 쓰고 양손으로 허리를 짚은 채 대담하게 행인들을 바라보고 있는 한 젊은이를 보았다. 미녀는 햇볕에 그을렸으나 유쾌한 얼굴과 그녀를 뚫어질 듯 바라보는 이글거리는 눈빛을 볼 수밖에 없었고, 아마도 그가 그 말을 했을 거라는 생각에 눈을 내리깔았다. "아주 아름다운 아가씨야!" 흰 상의를 입은 청년은 그녀에게서 눈을 떼지 않으며 말을 이어갔다. "그녀에게 입맞출 수 있다면 내가 가진 모든 것을 줄 텐데. 그런데 앞에 악마가 앉아 있군!" 사방에서 요란한 웃음소리가 솟아올랐다. 그러나 천천히 점잖게 걷고 있는 남편의 멋부린 아내에게는 이 환영 인사가 그다지 맘에 들지 않았다. 그녀의 붉은 뺨은 활활 불타올랐고, 선별한 문구들이 자유분방한 청년의 머리 위로 빗발쳐 쏟아졌다.

* '긴 상의'라고 번역한 원문의 스비타(svita)는 동슬라브의 전통 의상으로 단추 없이 여미는 긴 기장(거의 무릎 위까지 오는 길이)의 상의를 가리킨다. 주로 집에서 짠 나사 천으로 만드는데 10~18세기 우크라이나와 러시아, 벨라루스에서 남녀 모두 착용했다.

"숨 막혀 죽어버려라, 이 쓸모없는 배 끄는 인부 놈아! 네 아버지의 머리가 항아리에 부딪혀 깨져버리라지! 빙판 위에서 미끄러져라, 이 저주받을 적그리스도야! 저승에서 수염이 다 타버려라!"

"저 욕하는 것 좀 보게!" 예기치 않은 환영 인사의 강력한 일제 포격에 당황한 듯 청년은 눈을 동그랗게 뜨고 그녀를 바라보면서 말했다. "저 여자의 혀는 백 살 먹은 마녀의 혀처럼 그런 말을 하는 데 거리낌이 없네."

"백 살이라니!" 나이 든 미녀가 따라 말했다. "이 불신자! 가서 세수나 해! 이 쓸모없는 난봉꾼! 네 어머니를 본 적은 없지만 쓰레기라는 건 알고 있어! 그리고 아버지도 쓰레기이고! 숙모도 쓰레기야! 백 살이라니! 아직 입에 우유도 마르지 않은 녀석이……" 이때 마차가 다리에서 내려가는 바람에 마지막 말은 이미 알아들을 수가 없었다. 그러나 청년은 이것으로 끝내길 원치 않는 듯했다. 오래 생각하지 않고 그는 진흙 한 덩어리를 집어 들어 그녀 뒤에 내던졌다. 이 한방은 그가 의도했던 것보다 더 성공적이었다. 새 꽃무늬 모자가 온통 진흙투성이가 되었고 자유분방한 왈패들의 폭소가 새로운 힘을 얻어 배가되었다. 뚱뚱한 멋쟁이 여자는 분노로 끓어올랐다. 그러나 이때 마차가 상당히 멀리

173

갔던 고로 그녀의 복수는 죄 없는 의붓딸과, 오래전에 이와 유사한 일들에 익숙해져서 완강한 침묵을 고수하며 격노한 아내의 격렬한 말을 침착하게 받아들이는 느릿느릿한 남편에게로 향했다. 그녀의 지칠 줄 모르는 혀는 쉴 새 없이 종알거렸고 그들의 오래된 지인인 코사크 영감 치불랴가 사는 마을 외곽에 도달할 때까지 입안에서 지껄여댔다. 오랫동안 만나지 못한 친구 영감과의 만남은 우리 여행자들이 시장에 대해 말을 꺼내고 긴 여정 후 조금 쉬게 함으로써 잠시 동안이나마 머릿속에서 이 불쾌한 사건을 몰아내었다.

II

오, 주여! 이 시장에

없는 것이 대체 뭔지요!

바퀴, 유리판, 타르, 담배,

끈, 양파, 온갖 상인들…

그래서 주머니에 30루블이 있을지라도

시장의 모든 걸 다 살 수는 없을 겁니다.

_소러시아의 희극에서

어수선한 주변이 굉음으로 꽉 차고 신비롭고 불가해한 혼돈의 소리가 당신 앞에 질풍처럼 유영해 오는 때에 필시 당신은 어딘가 먼 곳에서 떨어지는 폭포 소리를 들어본 적이 있었을 것이다. 이와 동일한 감정들이 소란스러운 시골 시장에서, 모든 사람이 거대한 괴물로 얽히고 설켜 그 거대한 몸통을 광장에서 흔들어대며 좁은 거리마다 소리치고 박장대소하며 수다를 떠는 그때에 일순간 당신을 사로잡지 않을까? 소음, 욕설, 소와 양, 염소가 우는 소리, 사람들이 외치는 소리, 이 모두가 하나의 무질서한 소리로 합쳐진다. 황소들, 자루들, 건초, 접시들, 단지들, 아낙네들, 과자, 모자들, 하나같이 눈부시고 화려하며 무질서한 이 모든 것들이 무리 지어 눈앞에서 왔다 갔다 한다. 음색이 다른 말들이 서로서로를 침수시켜 단 한마디 말도 이 홍수로부터 잡아채어 구조할 수가 없을 것이다. 선명하게 끝까지 외치는 소리도 하나 없을 것이다. 단지 소매상들의 손뼉 소리만이 시장 사방에서 들려온다. 짐수레가 부서지고 금속 소리가 울리며 땅 위로 떨어지는 판자 소리가 요란한 와중에 머리는 기진맥진하여 어디로 향해야 할지 모를 지경이다. 눈썹이 검은 딸과 함께 도착한 우리의 농군은 이미 오랫동안 군중 속에서 시간을 보내고 있었다. 한 짐수레 쪽으로 다가가는가 하면 다른 짐수레를 만져보며 가격을 물었다. 한편 그의 생각은 팔러 가져온 밀 열 포대와 늙은 암말 주위를 끊임없이 맴돌고 있었다. 그의 딸의 얼굴에서는 밀가루와 밀이 있는 짐수레 근처에 있는 것이 그리 맘에 들지 않음이 확연히 보였다. 그녀는 삼베로 만든 천막 아래 리본, 귀걸이, 주석과 구리로 만든 십자가와 동전들이 화려하게 진열된 곳으로 가고 싶었다. 하지만 이곳에서도 그녀는 수많은 볼거

니콜라이 고골 단편선

리들을 찾을 수 있었다. 집시 남자와 농군이 서로의 팔을 때리면서 아파 소리 지르는 광경이나 술 취한 유대인이 뒤에서 아낙네의 무릎을 치는 광경, 말다툼 중인 중매상들이 욕설과 모욕적인 몸짓을 주고받는 것이나 러시아인이 한 손으로 자신의 염소수염 같은 턱수염을 쓰다듬는 모습이 그녀를 매우 웃게 만들었다. 그러다가 문득 그녀는 누군가 가 자신의 블라우스 자수 소매를 잡아당기는 것을 느꼈다. 돌아보니 기장이 긴 흰색 상의를 입은, 밝은 눈동자를 지닌 청년이 그녀 앞에 서 있었다. 그녀의 혈관은 흠칫 떨렸고, 심장은 여태껏 기쁠 때나 슬플 때나 그렇게 고동친 적이 없을 정도로 뛰었다. 그녀는 기이함과 호기심을 느꼈고 자신에게 무슨 일이 일어난 건지 스스로도 설명할 수가 없었다. "무서워하지 마, 귀여운 아가씨, 무서워하지 마!" 손을 잡으며 그가 소곤소곤 말했다. "난 네게 나쁜 건 절대 말하지 않을 테니!" '네가 나쁜 건 절대 말하지 않겠다는 게 사실일 수도 있지만 내겐 다만 이상할 뿐이야… 이 사람은 악마임에 틀림없어! 그게 아닐 수도 있겠지만… 그에게서 손을 빼낼 힘이 모자라.' 미녀는 속으로 생각했다. 농군은 주위를 둘러보며 딸에게 무슨 말을 하려고 했지만 옆에서 '밀'이라는 단어가 들려왔다. 이 마법의 단어는 그로 하여금 큰 소

소로친치 시장

리로 대화하는 두 명의 도매상인들과 즉시 합류하게 해서 거기에 집중해 있는 그의 주의를 그 무엇도 끌지 못하는 상태로 만들어버렸다. 도매상인들이 밀에 대해 말한 것은 다음과 같았다.

III

너, 그가 어떤 사람인지 알고 있는가?

이 세상에 그런 사람은 별로 없다.

보드카를 맥주처럼 단숨에 들이키지!

_코틀랴렙스키.* 아이네이스

"그래서 이보게 동향 친구, 자네는 우리 밀이 팔리지 않을 거라고 생각하는 건가?" 타르로 더럽혀지고 기름에 쩐, 집에서 짠 거친 면직물 통바지를 입은, 어떤 커다란 촌락의 주민으로서 잠깐 들른 소시민처럼 보이는 이가 여기저기 천으로 기운 긴 상의를 입고 이마에 큰 혹이 있는 다른 이에게 말했다.

"거기에 생각이고 말고 할 게 어디 있어. 만약 우리가 1부

---

* 이반 페트로비치 코틀랴렙스키(Ivan Petrovich Kotlialevsky, 1769~1838)는 우크라이나의 시인이자 번역가, 극작가로 근대 우크라이나 문학의 개척자로 간주된다.

셸*이라도 팔면 크리스마스 전 농가에 있는 소시지처럼 내 목에 끈을 매고 저 나무에 달려 이리저리 달랑거릴 준비가 되어 있네."

"이보게, 동향 친구, 누구를 우롱하는 겐가? 우리 말고는 여기에 밀을 가져온 사람이 없어." 거친 면직물 통바지를 입은 사람이 반박했다.

'그래, 하고 싶은 말을 하게들.' 우리 미녀의 아버지는 두 도매상의 말 한마디도 놓치지 않으면서 속으로 생각했다. '내겐 여분의 밀이 열 자루가 있으니까.'

"즉 악마가 장난질을 하면 배고픈 러시아인으로부터 얻는 이익 이상의 것을 기대할 수 없다는 거지." 이마에 혹이 난 사람이 의미심장하게 말했다.

"무슨 악마?" 거친 면직물 통바지를 입은 사람이 응수했다.

"사람들 사이에 도는 소문을 못 들었어?" 이마에 혹이 난 사람이 음침한 눈으로 그를 곁눈질하며 말을 이었다.

"그래서!"

"그래서는 무슨 그래서야! 지주의 자두 술을 먹고 나서는

---

* 부셸은 곡물의 무게를 나타내는 단위로 밀의 경우 1부셸은 약 60파운드이다.

입도 안 닭을 참심원님이 시장을 위해서는 아무리 발버둥 쳐도 낱알 하나 팔지 못할 저주받은 장소를 마련하셨대. 저기 산 아래에 서 있는 다 쓰러져가는 헛간 보이지? (이때 호기심이 발동한 우리 미녀의 아버지는 좀더 가까이 다가갔고 온 주의를 집중한 듯 보였다.) 저 헛간에서 악마의 음모가 이루어진다는군. 그래서 이 장소에서는 시장이 설 때마다 불행이 발생했대. 어제 촌락 서기가 저녁 늦게 지나가다가 돌연 들창에서 돼지 상통이 불쑥 나와서 꿀꿀거리는 걸 보고는 등골이 오싹했다는군. '긴 빨간 상의'가 다시 나타날지 기다려보세나!"

"대체 '긴 빨간 상의'라는 게 뭔가?"

이때 집중해 있던 우리 청자는 머리카락이 곤두섰다. 공포에 사로잡혀 그는 뒤로 몸을 돌렸고, 자신의 딸과 청년이 평온하게 서서 껴안은 채 세상에 존재하는 모든 상의에 대해서는 잊어버리고는 사랑 노래들을 서로에게 흥얼거리고 있는 것을 보았다. 이것이 그의 공포를 쫓아내어 그를 이전의 안일한 상태로 데려갔다.

"이런, 이런, 동향 친구여! 보아 하니 자네는 포옹 선수구먼! 나는 결혼식 후 4일째 되는 날에서야 이미 고인이 된 흐베스카를 포옹하는 법을 익혔는데 말이야. 그것을 내게 가르쳐준 친구 영감에게 감사를."

그때 청년은 그가 사랑하는 여인의 아버지가 그리 멀지 않은 곳에 있음을 파악하고는 그를 자기 편으로 만들 계획을 짤 생각을 했다.

"선한 이여, 아마도 당신은 나를 알지 못하겠지만 나는 당신을 바로 알아봤습니다."

"아마도 내가 누군지 아는가 보군."

"만약 원하신다면 당신의 이름과 별명, 그리고 온갖 세세한 것들을 말씀드리죠. 당신의 이름은 솔로퍼 체레비크입니다."

"그래, 솔로퍼 체레비크야."

"좋아 보이시네요. 그런데 저를 몰라보시는 건가요?"

"그래, 모르겠네. 나쁘게 생각하지 말게나. 평생 살아오면서 온갖 얼굴들을 다 봐왔는데, 그들을 다 어떻게 기억하겠나!"

"골로푸펜코의 아들을 기억하시지 못한다니 유감입니다!"

"네가 오흐림의 아들이라고?"

"그럼 누구겠어요? 그가 아니라면 '대머리 악마'밖에 없죠."

여기서 친구들은 모자를 벗고 입을 맞추었다. 그러나 우리의 골로푸펜코의 아들은 시간을 허비하지 않기 위해 바로 그 순간 자신의 새 친구를 공격하기로 결심했다.

"자, 솔로피, 보시다시피 저와 당신의 딸은 평생 같이 살 정도로 서로를 너무도 사랑하고 있습니다."

"그래, 파라스카야." 체레비크가 자신의 딸을 돌아보고 웃으며 말했다. "이미 실상, 흔히 말하듯이 둘이서 함께… 같은 풀을 뜯고 싶은가 보구나! 뭐하나? 악수하지 않겠나? 자, 신입 사위여, 한턱 쏘게!" 그리고 세 사람 모두는 시장에서 유명한 식당에 갔다. 그 식당에는 유대 여자의 천막 아래 그 종류며 햇수가 각양각색인 수많은 단지들과 병들, 통들이 놓여 있었다. "정말 기민한 젊은이네! 그래서 내가 좋아하는 거야!" 술에 좀 취한 체레비크는 자신이 인정한 사위가 1파인트 잔에 술을 가득 따르는 것을 보며 말했고, 조금도 얼굴을 찌푸리지 않은 채 다 마셔버린 다음 잔을 박살냈다. "뭐라고 말하는 거야, 파라스카? 내가 너에게 어떤 신랑을 데리고 왔는지! 봐봐, 그가 독한 술을 얼마나 대담하게 단숨에 들이키는지!" 웃고 비틀거리면서 그는 딸과 함께 자신의 짐마차로 걸어갔고, 반면 우리의 청년은 자신의 장인과 그 밖의 모든 사람들을 위한 결혼 선물로서 구리로 화려하게 세팅된 최상의 나무 담뱃대와 빨간 바탕에 꽃무늬가 있는 스카프와 모자를 보기 위해 훌륭한 상품들이 있는 가게들로 향했는데, 그 가게에는 폴타바 현의 유명한 두 도시인 가자츠와 미르고로드에서 온 상인들도 있었다.

IV

만약 남자라면 상관없지만

여자라면, 너도 알다시피,

그녀를 기쁘게 해야 한다.

_코틀랴렙스키

"자, 부인! 내가 딸의 신랑감을 찾았소!"

"그래, 지금에서야 마침 신랑감들을 찾는군. 머저리, 머저리야! 당신은 아마 태어날 때부터 이런 식으로 정해진 게 틀림없어! 훌륭한 사람이 지금 같은 때에 신랑감들 뒤를 쫓아 뛰어다닌다는 걸 도대체 보고 들은 적이 있어? 어떻게 하면 손에서 밀을 팔아치울까에 대해 생각하는 게 더 낫지. 그래, 신랑감은 좋은 사람임에 틀림없겠네! 필시 가난뱅이들 중 가장 가난뱅이겠지."

"아니, 지금 당신이 보고 있는, 저기 청년들 같은 사람이 아니야! 상의 하나만 해도 당신의 녹색 재킷과 빨간 부츠보다 더 비싸다고. 그리고 독한 술은 또 얼마나 호기롭게 마시는지… 거참, 그 사람처럼 독한 술을 얼굴도 찌푸리지 않고 단숨에 마시는 사람을 세상에서 본 적이 있다면 악마가 날 데려가도 좋아."

"그래, 그렇겠지. 술꾼에다가 방랑자이니 딱 맘에 들겠네. 다리 위에서 우리 뒤를 따르던 바로 그 불한당과 똑같은 자라는 것에 내가 내기하지. 아직까지 그를 만나지 못한 게 유감이야. 그에 대해 알고 싶은데 말이야."

"글쎄, 히브랴. 만약 바로 그 사람이면 어쩌지. 그런데 어째서 그가 불한당이야?"

"아니! 어째서 그가 불한당이냐고! 아, 이 돌대가리야! 그래! 어째서 그가 불한당이냐고! 우리가 물방앗간 옆을 지나갈 때 그 등신 같은 눈을 대체 어디에 둔 거야. 바로 여기에서, 코담배나 피우는 더러운 코앞에서 사람들이 자기 부인을 모욕해도 아무 상관 안 하겠지."

"어찌 되었든 내가 봤을 때 그는 전혀 불량하지 않아. 아주 훌륭한 젊은이야! 한순간 당신 얼굴에 진흙을 묻힌 거밖에 없지 않나."

"이런! 내가 말도 못하게 하는 것 좀 봐! 도대체 이게 무슨 일이지? 언제 이런 일이 있었던 거야? 아무것도 팔지 못하고 나서 벌써 술 한 잔 걸쳤던 게 틀림없어……."

이때 우리의 체레비크는 스스로도 지나치게 말이 많았단 걸 깨닫고는, 격노한 아내가 지체하지 않고 그 손톱으로 자신의 머리카락을 움켜쥐리라 예상하면서 순간 두 손으로 머리를 가렸다. '제길! 당신도 결혼 얘긴 이제 그만하라고!' 맹렬하게 공격해오는 아내로부터 벗어나면서 그는 속으로 생각했다. '아무 이유도 없이 착한 사람에게 결혼을 거절할 수밖에 없겠군. 아, 주여, 우리 죄인들에게 어째서 이런 재난을 주시는지요! 그리고 이 세상에는 쓰레기가 차고 넘치는데 당신은 아내까지 창조하셨군요!'

V

아래로 처지지 마라, 플라타너스여,

아직 너는 푸르다.

조바심 내지 마라, 어린 카자크여,

아직 너는 젊다!

_소러시아의 노래

흰색의 긴 상의를 입은 청년은 자신의 수레 옆에 앉아서
는 그의 주변에서 웅성웅성 떠드는 사람들을 멍하니 바라
보았다. 지친 태양은 한낮과 아침을 고요히 활활 불태운 후
세상으로부터 떠났다. 소진한 낮은 매혹적이고 선명한 붉
은 색을 띠었다. 어떤 희미한 선홍색으로 뒤덮인 흰 천막과
점포의 꼭대기들이 눈부시게 빛났다. 무더기로 마구 쌓인
창문들의 판유리가 반짝거렸다. 술집 탁자 위에 놓인 초록
색 술통과 술잔들이 불처럼 붉게 변했다. 산을 이룬 멜론,
수박, 호박들은 금과 어두운 색깔의 구리에서 쏟아 부어진

듯 보였다. 말소리는 눈에 띄게 줄어들고 작아졌으며 중매인들, 농군들, 집시들의 지친 혀는 더 나태하고 더 느리게 움직이게 되었다. 여기저기에서 불빛이 반짝이기 시작했고 갈루시키*를 끓이면서 나오는 향기로운 김이 조용해진 거리거리마다 퍼져나갔다. "뭐 때문에 슬퍼하고 있나, 그리츠코?" 우리 젊은이의 어깨를 때리면서 볕에 그을린 키 큰 집시 남자가 외쳤다. "자, 20루블에 수소를 팔게나!"

"자넨 내내 수소 얘기만 하는군. 자네 종족은 돈벌이밖에 모르는 거 같아. 착한 사람을 속이고 기만하니 말이야."

"제길! 농담이 안 먹히네. 신붓감과 잘 안 되어서 화가 난 겐가?"

"그래, 내 방식이 안 통하네. 난 내 말을 지킨단 말이야. 한 번 그렇게 했으면 평생 그러는 거지. 그런데 체레비크 영감탱이는 양심이 절반 정도밖에 없는 듯해. 말해 놓고는 내빼지… 뭐, 그를 나무랄 수도 없지. 그는 완전히 바보니까. 이 모든 건 우리 젊은이들이 오늘 다리 위에서 욕한 그 늙은 마녀 짓이야! 아, 만약 내가 차르 혹은 큰 귀족이라면 부

---

* 갈루시키(혹은 할루시키, galushki)는 파스타의 일종으로 우유나 물을 넣은 밀가루 반죽 혹은 감자 반죽을 끓는 물에 넣어 만든다. 뇨끼나 수제비와 비슷한 요리로 우크라이나, 크로아티아, 슬로바키아, 헝가리, 루마니아 등의 나라에서 즐겨 먹는다.

인이 자신에게 안장을 얹도록 허락하는 모든 머저리들을 첫 번째로 교수형시킬 거야……."

"만약 우리가 체레비크로 하여금 파라스카를 건네주게 하면 수소를 20루블에 내놓을 텐가?"

그리츠코는 어안이 벙벙하여 그를 바라보았다. 집시의 거무스름한 얼굴에는 무언가 사악하고 심술궂은, 저열하면서도 교만한 표정이 어려 있었다. 그를 바라보는 사람은 이미 이 기이한 영혼 속에 놀라운 자질들이 들끓고 있음을, 그러나 그 자질들에 대한 지상에서의 상급은 단지 교수형뿐임을 알아차렸다. 코와 뾰족한 턱 사이에 움푹 들어간, 항상 심술궂은 미소를 띠고 있는 입술과 얼굴 위에서 계획과 음모로 시시각각 변하는 번개처럼 생기 있고 불처럼 이글거리는 두 눈, 이 모든 것이 그때 그가 입고 있었던 기이한 옷처럼 어떤 특별한 것을 요구하는 듯했다. 건드리기만 해도 먼지로 변할 것 같은 이 어두운 갈색의 카프탄*이며 어깨까지 내려오는 얽히고설킨 머리, 그을린 맨다리에 신은 장화, 이 모든 것이 그와 한 덩어리가 되어 그의 본질을 구성하는 듯했다. "만약 속이는 게 아니라면 20루블이 아니

---

* 카프탄(kaftan)은 소매통이 비교적 좁고 길이가 긴, 단추 혹은 끈으로 여밀 수 있는 남성 상의이다.

라 15루블에 주지!" 뚫어지게 바라보는 시선을 거두지 않으면서 청년이 대답했다.

"15루블? 좋아! 자, 보게나, 그리고 까먹지 말아. 15루블이야! 여기 선금으로 5루블이네!"

"만약 자네가 속이면?"

"내가 속이면 선금은 자네 거지!"

"좋아! 자, 흥정의 의미로 악수하세!"

"그러자고!"

VI

아, 이런 불행이! 로만이 오고 있다.

이제 그가 나를 당장 칠 것이다.

그리고 호모 당신도 곤경에 처할 것이다.

_소러시아의 희극에서

"여기로요, 아파나시 이바노비치! 여기 울타리가 좀더 낮
아요. 다리를 들고요, 두려워하지 마세요. 우리 머저리는
러시아인들이 혹시 뭔가 훔치지 않을까 밤새도록 살펴보러
친구 영감과 함께 마차 아래로 갔어요." 이렇게 체레비크의
무서운 아내는 울타리 근처에 소심하게 바짝 달라붙어 있
는 사제의 아들을 상냥하게 격려했다. 그는 재빨리 울타리
에 올라서서 그 위에서 자기가 잘 뛰어 내릴 수 있는 곳을
눈으로 어림짐작하며 바라보다가 그곳에서 마치 긴 형체의
무서운 유령을 본 듯 주저하며 한동안 서 있다가 마침내 웃
자란 잡초 위로 털썩 넘어졌다.

"아이고 이런! 어디 다치거나 부러진 곳은 없어요? 맙소사, 목은 괜찮아요?" 히브랴가 배려 있게 종알종알거렸다.

"쉿! 괜찮아요, 괜찮아요, 친절한 하브로니야 니키포로브나!" 고통스러워하며 사제의 아들이 속삭였고, 다리를 들어올렸다. "고인이 된 사제장의 표현에 의하면 뱀을 닮은 그 풀, 쐐기풀이 사방에 있어서 그로 인해 상처를 입은 것뿐입니다."

"이제 농가로 가요. 거긴 아무도 없거든요. 그런데 아파나시 이바노비치, 전 당신에게 병이나 잠이 달라붙었다고 생각했어요. 물론 아니었지만요. 어떻게 지내셨어요? 듣자 하니 이제 아버님 몫으로 별의 별 거가 다 떨어진다고 하던데요!"

"보잘것없어요, 하브로니야 니키포로브나. 신부님께서 그 직분으로 받으시는 거라고는 고작 봄밀 열다섯 자루, 수수 네 자루, 크니쉬* 몇 백 개, 만약 세어 본다면 오십 마리에는 미치지 않는 닭, 그리고 대부분 썩은 상태의 달걀들이에요. 그러나 진짜 달콤한 공물은, 예를 들자면 오직 당신에게서만 받을 수 있어요, 하브로니야 니키포로브나!" 사제의 아들은 아첨의 눈길로 그녀를 슬쩍슬쩍 바라보고 가까이 다가서며 계속해서 말했다.

---

* 크니쉬(knish)는 벨라루스와 우크라이나에서 많이 먹는 빵으로 생치즈나 묽은 잼, 양파와 돼지고기 등을 소로 넣어 구워낸다.

"자, 여기 당신에게 드리는 공물이에요, 아파나시 이바노비치!" 그녀는 탁자에 사발들을 놓고 마치 우연히 열린 듯한 자신의 재킷을 거드름을 피우며 잠그면서 말했다. "바레니키*와 밀로 만든 갈루시키, 팜푸시키**, 토프체니키***예요."

"만약 이것이 이브의 종족 중 가장 노련한 사람의 손으로 만든 게 아니라면 내 손에 장을 지지죠!" 사제의 아들은 이렇게 말하면서 한 손으로는 토프체니키를 집어 들고 다른 손은 바레니키를 향해 움직였다. "하지만 하브로니야 니키포로브나, 제 심장은 당신으로부터 이런 팜푸시키나 갈루시키보다 더 달콤한 음식을 갈망합니다."

"당신이 또 어떤 음식을 원하는지 전 이제 모르겠군요, 아파나시 이바노비치!" 이해하지 못한 체 하며 뚱뚱한 미녀가 말했다.

"아마도 당신의 사랑이겠죠, 더할 나위 없이 훌륭한 하브로니야 니키포로브나!" 사제의 아들은 한 손에는 바레니키를 쥐고 다른 손으로는 그녀의 풍만한 몸통을 껴안으며 속

---

* 바레니키(vareniki)는 효모를 넣지 않고 반죽을 빚어 그 안에 소를 넣어 먹는 덤플링의 일종이다.

** 반죽에 효모를 넣어 구운 작고 둥근 빵이다.

*** 토프체니키(tovcheniki)는 갈루시키와 비슷하지만 물이나 우유 대신 발효유의 일종인 케피르를 넣는다.

삭였다.

"무슨 생각을 하시는 건지 모르겠어요, 아파나시 이바노비치!" 히브랴는 눈을 내리깔며 부끄러운 듯 말했다. "해도 돼요! 당신이 입맞추려고 한다면요!"

"그에 대해서는 당신께 말해야 할 것 같군요." 사제의 아들이 말을 이었다. "그러니까 신학교에 있을 때, 마치 오늘 일처럼 기억이 나는데요……." 이때 마당에서 개 짖는 소리와 문을 두드리는 소리가 들렸다. 히브랴는 서둘러 달려갔다가 완전히 창백해져서 돌아왔다. "아, 아파나시 이바노비치! 우리는 걸려들었어요. 사람들 무리가 문을 두드리고 있고, 친구 영감의 목소리가 들리는 듯해요……." 바레니키가 사제 아들의 목에 걸렸다. 그의 눈은 마치 어떤 다른 세상에서 온 사람이 이제 막 그에게 방문한 듯 휘둥그레졌다. "여기로 기어오르세요!" 놀란 히브랴는 천장 바로 아래 가름대 위에 놓인 판자들을 가리키며 말했다. 그 위에는 온갖 헌 세간들이 쌓여 있었다. 우리 주인공의 용기는 위험에 처했다. 약간 정신을 차린 후 그는 평상으로 뛰어 올라가 거기에서 조심스럽게 판자 위로 기어올라갔다. 한편 히브랴는 정신없이 문 쪽으로 달려갔는데 왜냐하면 문을 두드리는 소리가 더 커지고 성급하게 계속되었기 때문이었다.

VII

그러나 여기에 기적이 있습니다. 신사여!

_소러시아의 희극에서

    시장에서 이상한 일이 발생했다. 어딘가 상품들 사이에서 '긴 빨간 상의'가 보였다는 소문이 모든 곳을 휩쓸었다. 부블리크*를 파는 노파는 마치 무언가를 찾는 듯 마차 위에서 쉼 없이 허리를 숙이고 있는 돼지 낯짝의 사탄을 본 것 같았다. 이는 이미 고요해진 짐마차 행렬의 구석구석마다 신속히 퍼져나갔다. 술집 여주인의 가게 옆에 자신의 이동식 가게를 소유하고 있는, 부블리크를 파는 노파가 온종일 쓸데없이 비틀거리고, 그 다리로 자신이 파는 맛있는 제품과 완전히 똑같이 그리며 걷고 다녔을지라도 사람들 모두는 그것을 믿지 않는 것을 죄로 간주했다. 여기에 쓰러져

---

* 부블리크(bublik)는 베이글과 비슷한 굵은 가락지 모양의 빵이다.

니콜라이 고골 단편선

가는 헛간에서 면서기가 보았다는 기이한 대상에 대한 과장된 소식들이 더해진 결과 밤 무렵에는 모든 이들이 옹기종기 더 긴밀히 모여 있었다. 고요는 깨졌고 공포가 모든 이들의 잠을 방해했다. 한편 겁이 많아 농가에서 밤을 지낼 수 없는 이들은 자신의 집으로 가버렸다. 이들 중에는 체레비크와 그의 딸 및 친구 영감도 있었는데 이들은 손님으로 와달라고 조르는 바람에 다들 함께 농가에 와서 문을 강하게 두드리게 되었고, 그래서 우리의 히브랴를 놀라게 만들었다. 치불랴 영감은 기분이 좀 들떠 있었다. 이는 농가를 발견하기 전에 자신의 마차를 타고 두 번이나 마당을 돈 데에서도 볼 수 있었다. 손님들 또한 유쾌한 상태였던 고로 예의를 차리지 않고 주인보다 먼저 집 안으로 들어갔다. 그들이 농가 구석구석을 뒤지기 시작했을 때 우리 체레비크의 아내는 가시방석 위에 앉은 듯했다.

"이봐, 친구." 집 안에 들어온 치불랴 영감이 소리쳤다. "아직도 계속 오한이 드나?"

"응, 나아지지 않았어." 천장 아래 쌓인 판자들을 불안하게 힐끔거리며 히브랴가 대답했다.

"자, 마누라, 저기 마차에서 술통 좀 꺼내 줘!" 치불랴 영감과 함께 들어온 남편이 아내에게 말했다. "착한 사람들과 함께 우리는 그것을 죄다 마셔버릴 거야. 저주받을 여편네들이 우리를 겁주는 바람에 말하기가 부끄럽지만 말이야. 우리는 진짜 별일 없이 여기 왔다고!" 점토로 만든 잔에서 술을 조금씩 마시면서 그는 계속 말했다. "여편네들이 우리를 비웃을 생각이 든다는 것에 여기 새 모자를 내기로 걸겠어. 그런데 만약 실제로 사탄이 있다면 말이야. 사탄이란 게 뭐야? 그 머리에 침을 뱉어주지! 설사 지금 이 순간 사탄이 바로 여기에, 예를 들어 내 앞에 있다고 쳐. 만약 내가 그 코 밑에 대고 손가락 욕을 하지 않는다면 난 개자식이다!"

"자네 갑자기 왜 이리 온통 창백해진 건가?" 함께 온 객들 중 머리 하나는 더 커서 항상 자신의 용감함을 보여주려 노력하던 이가 소리쳤다. "나 말이야? 저런! 자네 꿈꾸고 있는 건가?" 손님들은 웃음을 터뜨렸다. 언변이 좋은 용감한 자의 얼굴에 만족스러운 미소가 나타났다. "창백해졌다니 무슨 소리야!" 다른 사람이 말을 잡아챘다. "양귀비처럼 볼이 빨개졌는데. 이제 저이는 치불랴가 아니라 빨간 무야. 아니면 사람들을 그토록 놀라게 하는 '긴 빨간 상의'야." 술통이 탁자 위를 굴러다녔고 이는 손님들을 이전보다 더 한층 즐겁게 만들었다. 이때 우리의 체레비크, '긴 빨간 상의'

가 오래도록 괴롭히는 바람에 그 호기심 많은 영혼이 한순간도 편치 못했던 이가 영감에게 가까이 다가갔다.

"이봐, 영감, 친절하게 말 좀 해줘! 지금 요청하고 있지 않나. 그 저주받을 '긴 상의'에 대한 이야기를 할 때까지 조를 걸세."

"에이, 영감! 밤에 이야기하기에 그건 적절치가 않아. 그렇지만 자네, 그리고 보아 하니 자네만큼이나 이 희한한 것에 대해 알고 싶어 하는 착한 사람들을 만족시키기 위해서라면(이때 그는 손님들을 돌아보았다) 자, 그렇다면 들어들 보게나!" 여기서 그는 옷자락으로 얼굴을 닦아내곤 양어깨를 긁었고, 두 손을 탁자 위에 놓은 후 말을 시작했다.

"어느 날 어떤 죄로 인해, 아 이런, 무슨 죄인지는 모르겠고, 어쨌든 악마가 지옥에서 쫓겨났어."

"어떻게 말이야, 영감?" 체레비크가 말을 중단시켰다. "지옥에서 악마를 쫓아내다니, 어떻게 그럴 수가 있지?"

"뭘 어떻게야, 영감? 농부가 개를 집에서 쫓아내듯 쫓겨나면 쫓겨난 거지. 갑자기 변덕이 생겨서 뭔가 착한 일을 하려고 했을 수도 있지. 하여튼 악마에게 문을 가리켰어. 이 창백한 악마는 너무 지겨워서, 지옥에서 너무도 지겨워서 목이라도 매고 싶을 정도였거든. 무엇을 할까? 비통하니 취하도록 술이나 마셔야지. 악마는 자네가 보았던, 산 밑에 다 쓰러져가는, 그 옆으로 지금은 자신을 보호하고자 성호를 긋지 않고는 그 어떤 선한 사람도 지나가지 않는 바로 그 헛간에 자리를 잡았고 젊은이들 중에서도 찾기 힘들 정도의 난봉꾼이 되었어. 그가 아침부터 밤까지 하는 일이라고는 술집에 앉아 있는 거야!"

여기서 다시 엄격한 체레비크가 우리 이야기꾼의 말을 중단시켰다.

"영감, 대체 자네 무슨 말을 하고 있는 거야! 어느 사람이 악마가 술집에 들어가게 허용할 수 있겠어? 악마에게는 발에 발톱도 있고 얼굴에는 뿔도 있단 말이야."

"바로 그래서 악마는 얼굴과 발톱에 모자와 장갑을 썼어. 누가 그를 알아보겠어? 빈둥거리다가 마침내 자기가 갖고 있는 걸 다 털어 마셨지. 술집 주인은 오랫동안 그를 신임했지만 그 후 관뒀어. 결국 악마는 그 당시 소로친치 시장에서 술을 팔던 유대인에게 3분의 1도 안 되는 값에 자신의 붉은 긴 상의를 저당 잡힐 수밖에 없었어. 저당을 잡히며 악마는 유대인에게 이렇게 말했지. "자, 유대인, 꼭 1년 후에 내가 긴 상의를 가지러 올 거야. 그러니까 그걸 잘 간수하고 있어!" 그러곤 마치 물에 빠진 듯 사라져버렸지. 유대인은 긴 상의를 자세히 살펴보았어. 나사 천은 미르고로드에서도 구할 수 없을 정도로 좋은 것이었어. 빨간색은 불처럼 타는 것 같아서 보고 또 봐도 질리지 않았지! 유대인은 기한이 되기까지 기다리는 것이 답답하게만 느껴졌던 것 같아. 자신의 긴 머리를 긁다가 시장에 온 어떤 귀족으로부터 금화 다섯 개 이상을 뜯어내 팔아버렸지. 유대인은 기한에 대해서도 완전히 망각했어. 마침내 저녁 무렵에 어떤 사람이 온 거야. "자, 유대인이여, 내 긴 상의를 내놓아라!" 처음에 유대인은 알아보지 못했다가 나중에 잘 살펴보고는 마치 한 번도 그를 보지 못한 척했지. "무슨 긴 상의? 내겐 그 어떤 긴 상의도 없어! 난 네 긴 상의에 대해 결코 아는 게 없어!" 그는 떠나버렸지. 그러나 저녁에, 유대인이 자신의 초라한 집 문을 잠그고 상자들 속에 있는 돈을 세고 또 세고 나서 이불을 덮고 누워 유대 방식으로 하나님에게 기도를 올리기 시작했을 때, 바스락거리는 소리가 들리는 거야… 그러더니 이럴 수가, 모든 창문마다 돼지 대가리가 불쑥 나타난 게 아니겠어……"

이때 실제로 어떤 희미한 소리가, 진짜로 돼지가 꿀꿀거리는 것과 비슷한 소리가 들려왔다. 사람들 모두가 창백해졌다… 이야기를 들려주는 이의 얼굴에 땀이 배어 나왔다.

"뭐야?" 놀란 체레비크가 내뱉었다.

"아무것도 아니야!" 온몸을 떨면서 영감이 대답했다.

"아!" 객들 중 하나가 반응했다.

"자네가 말했군…"

"아닐세!"

"그럼 도대체 누가 꿀꿀 소리를 냈지?"

"우리가 이렇게 깜짝 놀란 이유를 누가 알겠어! 아무도 없었는데!" 다들 벌벌 떨며 주변을 둘러보았고 구석구석 뒤지기 시작했다. 질겁한 히브랴는 죽을 것만 같았다. "아이고, 당신들은 아낙네들이네요! 아낙네들이야!" 그녀는 큰 목소리로 말했다. "당신들은 코사크도 아니고 남자도 아니에요! 손에 물레 가락이나 쥐고 앉아서 실이나 뽑아요! 누군가 한 사람이, 맙소사… 누군가 앉은 의자가 삐걱거리면 마치 정신 나간 사람들처럼 모두가 우왕좌왕하는 꼴이에요." 이 말은 우리의 용감한 인물들을 부끄럽게 만들었고 그들의 사기를 진작시켰다. 영감은 잔의 술을 마신 후 이야기를 계속했다. "유대인은 기절했어. 그러나 죽마처럼 긴 다리를 지닌 돼지들은 창문으로 기어 들어와서는 순식간에 세 개의 채찍으로 채찍질하여 그가 이 천장보다도 훨씬 더 높게 깡충 깡충 뛰게 만들면서 유대인을 정신 차리게 했지. 유대인은 발 앞에 엎드려서 모든 걸 자백했어… 다만 긴 상의를 되돌아오게 할 수는 없었지. 길에서 어떤 집시가 지주를 강탈해서 긴 상의를 행상 여인에게 팔아버렸거든. 그 여자는 그걸 다시 소로친치 시장으로 가지고 왔지만 그 후로 그 누구도 그녀에게서 그 어떤 것도 사지 않았어. 행상 여인은 재차 이상하다고 생각하다가 마침내 알아챘어. 필시 이 모든 것의 원인은 긴 빨간 상의라는 것을. 그 옷을 입으면 무언가 계속해서 그녀를 짓누르는 느낌을 받았던 것도 다 이유가 있었던 거지. 오랫동안 생각하지도, 추측하지도 않고 옷을 불 속에 던져버렸는데 이 악마 같은 옷이 타지 않는 거야! '아, 이건 악마의 선물이구나!' 행상 여인은 꾀를 내어서 그것을 버터를 싣고 팔러 가는 한 농군의 짐수레에 찔러 넣어 주었지. 그 바보는 기뻐했고 말이야. 하지만 아무도 버터에 대해 묻지도, 사려 하지도 않았어. '아이고, 사악한 손들이 긴 상의를 떠 맡겼구나!' 그는 도끼를 집어 들고는 그 옷을 조각조각 썰어버렸어. 그런데 보니까 조각들이 서로에게 기어가서는 다시 완전한 긴 상의가 되어버리는 거야. 성호를 긋고 나서 그는 다시 도끼질을 했고, 조각들을 사방에 뿌려버린 후 떠났어. 그러나 그 후 매년, 시장이 설 때마다 돼지 낯짝을 한 악마가 광장 곳곳을 돌아다니며 꿀꿀거리고 자신의 상의 조각들을 거둬들이고 있지. 이제 사람들이 말하길 악마가 수거하지 못한 것은 왼쪽 소매뿐이래. 그 후부터 사람들은 그 곳을 피하고 있고 그 장소에 시장이 서지 않은 지 이미 10년이 되었지. 그런데 지금 참심원님이 쓸데없이…"

나머지 절반의 말은 이야기하는 이의 입술에서 사라졌다… 창문이 큰 소리를 내며 덜컹거렸다. 쨍그랑 소리와 함께 유리가 날아갔고, 눈을 굴리면서 마치 "착한 사람들이여, 당신들은 여기서 무엇을 하고 있는 건가?"라고 묻는 듯한, 무서운 돼지 상통이 나타났다.

VIII

마치 카인처럼 벌벌 떨면서

그는 꼬리를 개처럼 흔들었다.

코에서는 담배가 흘러 나왔다.

_코틀랴렙스키 아이네이스

농가 안에 있는 사람들 모두가 공포에 사로잡혔다. 영감
은 입을 쩍 벌린 채 돌이 되었다. 그의 눈은 발사라도 되길
원하듯 툭 튀어 나왔고 쫙 핀 손가락들은 허공에서 부동
의 상태로 멈춰졌다. 키가 큰 용감한 자는 불가항력의 공포
로 인해 천장 아래까지 튀어 올라 가름대에 머리를 부딪쳤
다. 판자들이 옆으로 삐져나왔고 사제의 아들은 요란하게
부서지는 소리와 함께 바닥으로 추락했다. "아이고! 아이고!
아이고!" 겁에 질려 긴 의자 위에 뻗은 어느 한 사람이 팔다
리를 허우적거리며 절망적으로 외쳤다. "살려주세요!" 가죽
옷을 입은 다른 사람이 고래고래 소리 질렀다. 재차 놀라는

바람에 돌이 된 상태에서 빠져나온 영감은 벌벌 떨면서 자기 아내의 치맛자락 밑으로 기어 들어갔다. 키가 큰 용감한 자는 페치카 구멍이 작았음에도 불구하고 거기에 기어 들어가서는 스스로 뚜껑을 닫아버렸다. 한편 체레비크는 끓는 물을 뒤집어 쓴 듯 모자 대신 머리에 그릇을 쓰고는 미친 사람이 거리 곳곳을 뛰어다니는 것처럼 자기 밑에 있는 땅을 제대로 보지도 않고 문 쪽으로 질주했다. 그러나 지쳤던 탓에 그의 뜀박질 속도는 약간 느려졌다. 그의 심장은 제분소의 절구처럼 방망이질 쳤고 땀은 구슬처럼 흘러내렸다. 기진맥진해진 그가 이미 땅바닥에 쓰러질 준비가 되었을 때에 뒤에서 누군가가 그를 뒤쫓고 있는 듯한 소리가 돌연 들려왔다……. 그는 숨이 막혔다. "악마다! 악마야!" 있는 힘을 모아 정신없이 그는 고함을 질렀고 곧 감각을 상실한 채 땅 위로 무너져내렸다. "악마! 악마!" 그의 뒤에서 외침 소리가 들렸는데 그가 들은 것이라고는 자신 위로 무엇인가 떨어지면서 낸 소음이었다. 거기서 그의 기억은 날아갔고, 마치 비좁은 관 속의 무서운 시체처럼 그는 길 한 복판에 꼼짝하지 않고 쥐 죽은 듯 누워 있었다.

IX

앞에서는 아무개처럼

뒤에서는 악마처럼!

_민중들의 옛 이야기에서

"들었나, 블라스." 길에서 자던 사람들 중 밤에 잠이 깬 한 사람이 말했다. 우리 옆에서 누군가 악마라고 말했어!"

"그게 나와 무슨 상관이야!" 그 옆에 누워 있던 집시가 기지개를 켜며 투덜거렸다. "자기 부모 친척 다 불러도 나랑 상관없어."

"그런데 마치 짓눌리고 있는 듯 그렇게 소리 질렀다고!"

"잠에 취한 인간은 무슨 소리든 지껄이는 법이지!"

"그건 네 생각이고, 좀 살펴봐야겠어. 부시 좀 쳐봐!

다른 집시가 혼잣말로 구시렁거리며 일어나 번개처럼 두 번 불꽃을 일으켜 입으로 부싯깃을 불었고 양의 기름이 부어진 깨진 작은 사발로 만들어진 평범한 소러시아식 등잔을 손에 들고는 길에 불빛을 비추며 출발했다. "멈춰! 여기 누가 누워 있어. 여길 비춰봐!"

몇몇 사람들 또한 그가 있는 곳으로 합류했다.

"거기 뭐가 있는데, 블라스?"

"두 사람 같은데. 한 사람은 위에 있고 다른 사람은 아래에 있어. 둘 중 누가 악마인지는 나도 분간할 수가 없어!"

"누가 위야?"

"아낙네야!"

"그러면 그 사람이 바로 악마네!"

모두의 요란한 웃음소리가 거리 전체를 깨우는 듯했다.

"아낙네가 남자 위에 올라타 있네. 이 여자는 어떻게 말을 타는지 아는 게 틀림없어!" 주변 사람들 중 하나가 말했다.

"동지들, 이것 좀 봐!" 다른 사람이 체레비크의 머리 위에 반쪽이나마 온전하게 달라붙어 있는 그릇에서 조각 하나를 들어올리며 말했다. "이 착한 사람이 대체 무슨 모자를 쓴 거야!" 점점 왁자지껄해지는 소음과 웃음소리는 죽어 있던 우리의 인물들인 솔로피와 그녀의 아내로 하여금 정신이 들게 했고 극심한 공황 상태에 있었던 그들은 공포에 사로잡혀 눈도 깜빡이지 않고 오랫동안 집시들의 까무잡잡한 얼굴을 쳐다보았다. 깊은 밤의 암흑 속에서 흔들리며 희미하게 타오르는 불빛에 비친 그들은 마치 지하의 탁한 연기에 둘러싸인 황포한 난쟁이 무리처럼 보였다.

X

훠이, 물러가라, 너, 악마의 환영이여!

_소러시아의 희극에서

    아침의 신선함이 잠에서 깬 소로친치 사람들 위로 솔솔 불어왔다. 모습을 드러낸 태양을 향해 모든 굴뚝에서는 뭉게뭉게 연기를 피워 올렸다. 시장은 시끄러워졌다. 양과 말들이 울기 시작했다. 거위와 장사꾼의 외침 소리가 다시 짐마차 행렬 곳곳에 울려 퍼졌다. 그리고 어스름한 비밀스러운 시간에 사람들을 겁에 질리게 만든 '긴 상의'에 대한 무서운 소문들은 아침이 되면서 사라졌다. 치불랴 영감 댁의 짚으로 만든 헛간 아래 수소와 밀가루와 밀알을 넣은 자루들 사이에서 체레비크는 하품을 하고 기지개를 켜면서 꾸벅꾸벅 졸고 있었다. 게으름을 피울 수 있는 은신처, 즉 그의 농가의 아늑한 페치카 혹은 먼 친척 여자가 운영하는, 자신의 집에서 채 10걸음도 되지 않는 거리에 위치한 술집처럼 익숙한 목소리를 듣는 순간까지 그는 자신의 꿈과 헤어지고픈 마음이 전혀 없는 듯했다. "일어나, 일어나라고!" 온 힘을 다해 그의 팔을 잡아당기며 상냥한 아내가 귀에 대고 쟁쟁거렸다. 체레비크는 대답하는 대신 볼을 부풀렸고 북을 치듯 손을 휘저었다.

"미친 인간아!" 아내는 흔들다가 하마터면 자신의 얼굴을 칠 뻔한 그의 손을 피하면서 소리쳤다. 체레비크는 일어나서 눈을 좀 문지른 후 주위를 둘러보았다. "진심으로 말하는 건데, 마누라, 당신 면상이 북인 줄 알았어. 마치 러시아 군인들 같은, 치불랴 영감이 말했던 그 돼지 대가리들이 기상 신호에 맞춰 치라고 내게 강요했던 바로 그 북 말이야." "그만, 말도 안 되는 소리 좀 그만 지껄여! 저리 가, 얼른 암말이나 데리고 가서 팔아. 사람들에게 우리는 분명 웃음거리일 거야. 시장에 왔는데 삼베 한 줌도 못 팔았으니……"

"그야 물론이지, 마누라." 솔로피가 동의했다. "분명 우리를 보고 비웃을 거야."

"저리 가! 가라고! 팔건 말건 당신은 원래 웃음거리야!"

"당신도 보다시피 난 아직 세수도 안 했어." 체레비크는 하품을 하고 등을 긁는 한편 게으름 피울 시간을 벌기 위해 말을 이었다.

"때에 맞지 않게 느닷없이 무슨 청결이야! 언제 그런 걸 신경 썼어? 여기 수건이 있으니 얼굴이나 닦으라고……"

이때 그녀는 뭉쳐져 놓여 있는 무언가를 잡아챘다가 식겁하여 내팽개쳤다. 그것은 '긴 빨간 상의의 소맷부리'였다!

"얼른 당신 일이나 하러 가." 제정신이 든 그녀는 겁에 질려 꼼짝 않고 선 채 이를 딱딱 부딪치고 있는 자신의 남편을 보면서 반복해서 말했다.

"이제 팔러 갈 거야!" 그는 암말을 풀어서 광장으로 데리고 가며 혼잣말로 중얼거렸다.

"이 저주받은 시장에 오려고 했을 때 마치 죽은 암소를 내 위에 올려놓은 듯 마음이 무거웠던 것이며 소들이 제 발로 두 번이나 집으로 방향을 돌린 것은 역시 공연한 일이 아니었어. 내가 기억하는 바, 우리는 틀림없이 월요일에 출발했어. 그리고 모든 게 불행해졌지!… 저주받은 악마는 지칠 줄을 몰라. 이미 한쪽 소매 없는 긴 상의를 입고 있을 거야. 그렇다고 착한 사람들에게 평온을 주지는 않지. 가령 내가 악마라면, 그럴 일은 없겠지만, 저주받은 누더기들을 찾아 밤에 돌아다닐까?"

여기서 우리 체레비크의 철학적 사색은 두껍고 거친 목소리에 의해 중단되었다. 그 앞에는 키가 큰 집시 남자가 서 있었다. "무엇을 팔고 있나, 선한 이여?" 판매인은 침묵했고 머리부터 발끝까지 그를 훑어본 후 멈추지도, 굴레를 손에서 놓지도 않은 채 침착한 표정으로 말했다.

"뭘 파는지 보면 알지 않나!"

"마구?" 그의 손에 있는 굴레를 흘낏 보며 집시가 물었다.

"그래, 마구. 만약 암말이 마구를 닮았다면 말이지."

"한데 이런 젠장, 동향 친구, 보아 하니 자네는 암말에게 짚을 먹인 것 같군!"

"짚이라고?" 이때 체레비크는 자신의 암말을 데려와서 후안무치한 비방자의 거짓말을 밝히기 위해 굴레를 잡아당기고 싶었으나 그의 손이 매우 가볍게 턱을 쳤다. 쳐다보니 손에는 끊어진 굴레가 있었고 굴레에 매여 있는 것은, 아, 이런 무서운 일이! 그의 머리카락은 쭈뼛 곤두섰다! 그것은 바로 '긴 빨간 상의의 소매' 조각이었다!… 침을 뱉은 후 성호를 긋고 팔을 휘저으며 그는 뜻밖의 선물로부터 도망쳤고, 젊은이보다도 더 빨리 뛰어서 군중 속으로 사라졌다.

XI

내가 가진 호밀 때문에 나는 얻어맞았다.

_속담

"잡아! 그를 잡아!" 거리의 좁은 귀퉁이에서 몇몇 젊은이들이 소리쳤고 체레비크는 돌연 건장한 손들에 의해 잡혔음을 느꼈다.

"그를 묶어! 착한 사람에게서 암말을 훔친 사람이야!"

"젠장! 자네들은 무엇 때문에 나를 묶는 거야?"

"이자가 물어보기까지 하네! 그러는 너는 이곳에 온 농부 체레비크의 암말을 왜 훔쳤지?"

"정신 나갔군, 자네 젊은이들! 자기 자신에게서 무언가를 훔치는 사람이 세상에 어디 있나?"

"오래된 속임수지! 오래된 속임수야! 그럼 너는 악마가 바짝 뒤따라오기라도 하듯 왜 전속력으로 도망친 거지?"

"누구든 뛸 수밖에 없지. 악마의 옷이…"

"그래, 친구! 그렇게 다른 사람들을 속여 봐. 악마의 장난으로 인해 사람들이 겁먹지 않도록 참심원님이 너를 벌하실 테니."

"잡아! 그를 잡아!" 거리의 다른 모퉁이에서 고함소리가 들렸다. "바로 그 사람, 도망자 말이야!"

우리 체레비크의 눈앞에 극도로 가련한 상태의, 뒤로 손이 묶인 채 몇몇 청년들에 의해 인도되고 있는 치불랴 영감이 나타났다.

"놀라운 일이 발생했어." 그들 중 한 사람이 말했다. "얼굴만 딱 봐도 도둑임을 알 수 있는 이 사기꾼이 하는 말을 자네들이 들었어야 했는데 말이야. 미친 사람처럼 왜 도망쳤냐고 물어보니까 하는 말이 코담배를 꺼내려고 주머니에 손을 넣었더니 담뱃갑 대신 악마의 '긴 상의' 조각을 끄집어냈고, 그 조각에서 빨간 불꽃이 타올라서 부리나케 달아났다는 거야!"

"아하! 이들은 같은 패거리구만! 이 둘을 함께 묶자!"

XII

"선한 이들이여, 내가 무엇을 잘못했는가?

왜 나를 비웃는가?" 우리의 가여운 이가 말했다.

"왜 이렇게 나를 조롱하는가? 왜? 무엇 때문에?"

그는 말했다. 눈물을 터뜨리면서,

쓰디쓴 눈물을 흘리고 옆구리를 움켜잡으면서.

_아르테몹스키-굴라크*, 지주와 개

"자네 정말로 무언가를 훔친 건가, 영감?" 영감과 함께 초막집 안에 누워 묶여 있는 체레비크가 물었다.

"자네도 마찬가지군, 영감! 열 살 때에 어머니가 만든 스메타나**가 든 바레니키를 제외하고 살면서 내가 무엇인가 훔친 일이 있다면 내 손에 장을 지지겠어."

---

* 표트르 페트로비치 아르테몹스키-굴라크(Peter Petrovich Artemovskii-Gulak, 1796~1865)는 우크라이나의 작가이자, 시인, 교육자로 이반 코틀랴렙스키와 함께 전 러시아에서 인정을 받은 우크라이나 작가들 중 한 사람이다.
** 러시아와 우크라이나, 벨라루스에서 흔히 먹는 사워크림과 비슷한 유제품이다.

"도대체 왜 이런 일이 우리에게 닥친 걸까? 자네에겐 별일 아니야. 적어도 자네가 다른 사람으로부터 무언가를 훔쳤기 때문에 사람들이 자네를 비난하는 거니까. 그러나 불행한 사람인 나에게는 이런 비방을 하고 있다네. 내가 나 자신의 암말을 훔쳤다고? 아마도 우리 운명에는, 영감, 행복이라는 게 없나 보네!"

"우리, 불쌍한 고아들의 신세가 얼마나 가련한지!"

여기서 두 영감은 목 놓아 울었다.

"무슨 일이 일어난 겁니까, 솔로피?" 이때 그리츠코가 들어와서 말했다. "누가 당신을 묶은 겁니까?"

"아! 골로푸펜코, 골로푸펜코!" 기뻐하면서 솔로피가 소리쳤다. "바로 이 사람이, 영감, 내가 자네에게 말했던 바로 그 사람이야. 참 괜찮은 청년이지! 이 사람이 내 앞에서 얼굴 한 번 찌푸리지 않고 자네 머리만 한 단지에 담긴 술을 단번에 마시지 못한다면 하나님께서 지금 이 자리에서 날 죽이셔도 좋아."

"그런데 영감, 자네는 왜 이 훌륭한 청년을 받아주지 않았는가?"

"왜냐하면." 체레비크는 그리츠코를 향해 고개를 돌리며 계속해서 말했다. "아마도 자네에게 죄를 지어서 신이 벌을

217

소로친치 시장

내린 것 같아. 용서해주게, 선한 이여! 자네를 위해서라면 정말 뭐든 기꺼이 할 수 있어… 그러나 자네가 내게 무엇을 시키겠어? 할망구 안에 악마가 앉아 있으니!"

"저는 원한을 품는 사람이 아닙니다, 솔로피. 만약 원하신다면 당신을 풀어줄게요!" 여기서 그는 청년들에게 눈짓을 했고, 그를 감시하던 이들은 묶은 것을 풀기 시작했다. "대신 당신도 해야 할 게 있습니다. 결혼을 시켜주세요! 그리고 고팍을 추느라 1년 내내 다리가 아플 정도로 그렇게 성대하게 잔치를 엽시다."

"좋아! 좋아!" 손뼉을 친 후 솔로피가 말했다. "마치 우리 할망구를 러시아 군인들이 데려간 것처럼 지금 내 기분이 좋아졌어. 뭘 더 생각하겠어. 뭐가 되든지 간에 오늘 결혼식을 할 거야. 그래, 매듭을 지어야지!"

"그럼 솔로피, 1시간 후에 당신에게로 갈게요. 일단 지금은 집에 가보세요. 당신의 암말과 밀을 사려고 거기에서 구매자들이 당신을 기다리고 있습니다!"

"뭐라고! 정녕 암말을 찾은 건가?"

"찾았습니다!"

체레비크는 기쁜 나머지 꼼짝도 할 수 없었고 그런 상태로 떠나는 그리츠코를 바라보았다.

"자, 그리츠코, 우리가 일을 잘못 처리했는가?" 서두르는 젊은이에게 키 큰 집시가 말했다. "자네 소들은 이제 내 것이지?"

"자네 거야, 자네 것일세!"

XIII

두려워 마세요, 어머니, 두려워 마세요,

빨간 부츠를 신고

발아래

적들을 짓밟으세요.

당신 신의 굽이

쨍그랑 울리도록!

당신의 적들이

조용해지도록!

_결혼식 노래

파라스카는 자신의 어여쁜 턱을 팔꿈치에 받친 채 농가에 홀로 앉아 생각에 잠겨 있었다. 수많은 상념이 아마빛 머리 주변을 휘감았다. 가끔 갑작스레 가벼운 조소가 그녀의 선홍빛 입술에 머무는가 하면 어떤 기쁜 감정이 그녀의 짙은 눈썹을 치켜올렸다가 때로 사색의 구름이 갈색 눈동자에 다시금 드리워졌다. "만약 그가 말한 대로 되지 않으면 어떻게 하지?" 어떤 의심스러운 표정을 지으며 그녀는 속삭였다. "만약에 나를 시집보내지 않으면 어떡해? 만약… 아냐, 아니야. 그렇게 되지는 않을 거야! 계모는 하고 싶은 걸 다하고 있어. 그런데 왜 나는 하고 싶은 대로 할 수가 없는 걸까? 나도 한 고집 해. 정말 그는 멋진 사람이야! 그의 검은 눈은 놀랍도록 반짝이지! 그는 정말 기분 좋게 말해. '파라샤, 내 사랑!' 하얀 긴 상의는 그 사람에게 아주 잘 어울렸어! 허리끈이 좀 더 밝으면 좋으련만!… 새 농가로 가서 옮겨 살게 되면 하나 짜 줘야지. 생각할 때마다 기뻐." 그녀는 품에서 시장에서 산, 빨간 종이로 테를 두른 작은 거울을 꺼내 비밀스러운 만족감에 휩싸여 거울을 보며 말을 이어갔다. "언젠가 어딘가에서 그녀를 만나게 되었을 때, 그녀가 제아무리 뭐라고 해도 나는 그녀에게 인사하지 않을 거야. 의붓어머니, 자신의 의붓딸을 이제 그만 쥐어박으세요! 제가 당신 앞에서 굽실거리는 것보다는 돌 위에서 모래가 자라고 참나무가 갯버들처럼 구부러지는 게 더 빠를 거예요! 그런데 잊고 있었네… 계모의 것이라도 좋으니, 내게 잘 어울리는지 오치포크*를 써 봐야겠어." 그러고는 그녀는 손에 거울을 쥐고 거울을 향해 머리를 숙인 채 일어서서 발아래 바닥 대신 천장을 바라보며 마치 천장이 무너져 내릴까 두려운 듯 초조하게 농가 안을 걸어 다녔다. 그 천장 아래에는 얼마 전 사제의 아들이 추락한, 쌓인 판자들과 항아리들이 놓인 선반이 있었다. "도대체 왜 나는 아이처럼." 그녀는 웃으며 소리쳤다. "발을 내딛는 것을 두려워하는 걸까." 그러고는 발을 구르기 시작했고 점점 더 대담해졌다. 마침내 그녀의 왼쪽 손이 내려가 옆구리를 짚었고, 구두 굽을 쟁그랑 쟁그랑 울리고 거울을 자기 앞에 쥐고서 좋아하는 노래를 부르며 춤을 추기 시작했다.

초록 일일초야,

낮게 퍼져나가렴!

아, 검은 눈썹의 사랑스러운 너,

가까이 오렴!

초록 일일초야,

더 낮게 퍼져나가렴!

아, 검은 눈썹의 사랑스러운 너,

* 오치포크(ochipok)는 기혼 여성이 머리에 쓰는 일종의 머리 장식으로 우크라이나의 전통 민족의상에 속한다.

니콜라이 고골 단편선

더 가까이 오렴!

이때 체레비크는 문 안을 슬쩍 들여다보았고 거울 앞에
서 춤추고 있는 자신의 딸을 보고는 멈춰 섰다. 깊은 생각
에 사로잡혀 아무것도 알아차리지 못하는 듯한 처녀의 일
찍이 보지 못한 변덕에 웃으면서 그는 오랫동안 바라보았
다. 그렇지만 노래의 익숙한 음들을 들었을 때 그 안의 힘
줄이 움찔거리기 시작했다. 몸을 쭉 펴고 거만하게 한 손을
허리에 짚은 그는 앞으로 나아가 모든 일을 잊고는 한쪽 다
리는 굽히고 한쪽 다리는 내치면서 앉았다 일어섰다 하는
춤을 추기 시작했다. 친구 영감의 커다란 웃음소리가 두 사
람을 흠칫 놀라게 했다. "좋아, 아버지와 딸이 여기서 스스
로들 결혼식을 시작했군! 더 서두르게. 신랑이 왔어!" 마지
막 말을 들에 파라스카는 머리에 맨 빨간 끈보다 더 벌겋게
달아오른 반면 그녀의 무사태평한 아버지는 무엇 때문에
그가 왔는지를 떠올렸다. "자, 딸아! 좀더 서두르자! 내가 암
말을 팔아서 히브랴는 기뻐 뛰어 나갔단다." 그는 소심하게
주위를 둘러보며 말했다. "플라흐타며 온갖 천들을 사러 뛰
어갔어. 그러니 그녀가 오기 전에 모든 걸 끝내야 해!" 파라
스카가 농가의 문지방을 넘기가 무섭게 그녀는 사람들 무

리와 함께 길에서 그녀를 기다리던 흰색 긴 상의를 입은 청년이 자신의 손을 잡는 것을 느꼈다. "하나님, 축복하소서!" 체레비크는 그들의 손에 자신의 손을 포개며 말했다. "얼기설기 얽힌 화환처럼 이들이 살길!" 이때 사람들 사이에서 소리가 들렸다. "내가 죽기 전까지 결혼은 안 돼!" 솔로피의 아내가 소리쳤으나 군중은 요란하게 웃으며 그녀를 밀어냈다. "성내지 마, 성내지 말라고, 마누라!" 건장한 두 집시가 그녀의 팔을 잡는 것을 냉담하게 바라보며 체레비크가 말했다. "이미 이루어진 건 되돌릴 수 없어. 나는 바꾸는 걸 좋아하지 않아!" "안 돼! 안 돼! 그렇게는 안 될 거야!" 히브랴가 외쳤으나 아무도 그녀의 말을 듣지 않았다. 몇몇 커플들이 새 커플을 에워쌌고 그들은 그 주위로 파고들 수 없는 춤추는 벽을 만들었다.

거친 나사 천의 카프탄을 입고 구불구불한 콧수염을 기른 악사가 한 번 활을 켜는 순간 사람들 모두가 자발적으로든 비자발적으로든 조화로운 통일체로 변모하는 것을 볼 때 관객은 형용할 수 없는 기이한 감정에 사로잡히는 듯했다. 그 음울한 얼굴에 평생 미소가 떠오르지 않았던 사람들이 발을 구르며 박자를 맞추고 어깨를 떨었다. 모두가 들썩거렸다. 모두가 춤추었다. 그러나 무덤의 냉담함을 풍기는 노쇠한 얼굴의 노파들이 웃고 있는 젊고 생기발랄한 사람들 사이에서 떠밀리는 광경을 본다면 영혼의 심연에서는 한층 더 이해할 수 없는 기이한 감정이 생길 것이다. 이 얼마나 무사태평한 사람들인가! 마치 기계공이 생명 없는 기계로 하여금 인간과 비슷한 어떤 것을 하게 만드는 것처럼 이들에게는 심지어 어린 시절의 기쁨도, 공감의 불꽃조차 없었고, 있는 것이라고는 취기뿐이었다. 이들은 흥겨운 사람들 뒤에서 껑충껑충 춤을 추고 젊은 한 쌍에게는 눈길도 주지 않으면서 조용히 취한 머리를 흔들었다.

시끄러운 소리, 큰 웃음소리, 노래가 차츰 잦아들었다. 텅 빈 대기 속에서 불분명한 소리들이 약해지고 속도가 느려지면서 활을 켜는 소리는 그쳤다. 그리고 어디선가 먼 바다의 파도 소리와 비슷한 발 구르는 소리가 들려오다가 곧 사위가 텅 비고 온통 잠잠해졌다.

잠깐 동안의 아름다운 손님인 기쁨은 우리로부터 날아가고 외로운 선율은 부질없이 즐거움을 표현하려 하는 게 아닐까? 자신의 메아리 속에서 그것은 벌써 애수와 공허를 듣고 놀라서 그에 귀 기울인다. 격정적이고 자유로운 젊은 시절의 쾌활한 친구들은 하나둘 차례로 세상에서 사라지고 결국 그들의 오랜 친구만 남겨두지 않는가? 남은 자는 얼마나 지루할까! 그의 마음이 무거워지고 슬퍼지지만 그를 도울 방법이 없다.

사라진 편지

○○○교회 부제가 이야기해준 실화

Пропавшая грамота

◆

그래서 당신들은 제가 할아버지에 대해 더 이야기하길 원하시는 건가요? 우스갯소리로 당신들을 즐겁게 해 드리지 못할 이유야 없겠죠? 아, 진짜 옛날, 옛날 일이에요! 연도와 월도 없는, 아주 오래오래 전에 이 세상에서 있었던 일에 대해 들으면 얼마나 기쁘고 유쾌한지요! 그런데 조부나 증조부 같은 어떤 혈족이 얽혀 있으면 일이 굉장히 복잡해집니다. 마치 증조부의 영혼 속에 기어들어가 이 모든 걸 자기 자신이 한다고, 또는 증조부의 영혼이 자신 안에서 장난치고 있다고 보이지 않는다면 저는 위대한 순교자 바르바라에게 드리는 찬송 기도 중 사레들 겁니다……. 그러나 가장 최악은 우리 처녀들과 아낙들이 저를 조르는 것이에요. 그들 눈에 띄기만 하면 "포마 그리고리예비치! 포마 그리고리예비치! 어서 무서운 이야기 좀 해줘요! 어서요, 어서!" 하며 끝없이 이러쿵저러쿵할 테니까요……. 이야기하는 것을 꺼리는 건 물론 아닙니다만 그들이 침대에 누웠을 때 무슨 일이 벌어질지 한번 보세요. 제가 장담하는데 다들 이불 속에서 마치 오한이 든 듯 벌벌 떨고 기꺼이 털외투 속으로 머리까지 기어들어갈 겁니다. 쥐가 항아리를 긁거나 자기 발로 부지깽이에 걸리기라도 하면 "하나님, 보호하소서!" 하면서 두려움에 혼비백산할 거예요. 그런데 다음 날 아무 일도 없었던 양 또다시 무서운 이야기를 해달라고 들들 볶으니, 원. 여러분들에게 어떤 이야기를 해야 할까요? 갑자기 머리속에 떠오르지 않는군요……. 네, 그럼 고인이 된 저희 할아버지와 '두라크' 카드놀이*를 한 마녀들 이야기를 해드릴게요. 다만 미리 부탁드리는 것은, 여러분들이 제 이야기를 방해하지 말아주십사, 하는 겁니다. 만약 그렇게 하시면 이야기가 죽이 되어, 죄송하지만 여러분은 그 죽을 입으로 가져가셔야 할 겁니다. 여러분에게 반드시 말씀드려야 할 것은 고인이 된 할아버지가 그 당시 그저 그런 평범한 카자키**는 아니었다는 사실입니다. 그는 글자도 알았고 교회 서

---

* 러시아어로 '바보'를 의미하는 두라크 카드놀이는 전통적인 러시아의 트럼프 카드놀이로 지금도 매우 인기가 있다. 맨 마지막까지 카드를 갖고 있는 사람이 두라크(바보)가 되는 데서 유래했다.

** 카자키(Cossacks)는 우크라이나 동부와 남부뿐 아니라 러시아 남부 초원 지역에 주로 거주하는 준군사적인 민주주의 자치 공동체의 구성원들로, 동슬라브어를 사용하는 민족 집단이다. 드네프르강 하류, 돈강, 테레크강, 우랄강 부근에서 띄엄띄엄 무리지어 산 이들은 우크라이나와 러시아의 역사와 문화 전개에서 중요한 역할을 했다.

적에서 사용되는 약어도 쓸 줄 알았습니다. 축일에는 사도 행전을 낭송하는데, 지금 이 낭송을 들으면 사제의 아들조차도 부끄러워 숨을 거예요. 여러분들도 아시다시피 그 당시 바투린* 전체에서 읽고 쓸 수 있는 사람들을 모은다고 쳐도 모자를 내밀 필요도 없었어요. 다 해봐야 한 줌 정도였으니까요. 그래서 할아버지를 만나면 허리를 굽혀 절하지 않는 사람들이 별로 없었습니다.

어느 날 고귀한 게트만**께서 어떤 이유에서인지 여왕***에게 편지 한 통을 보내기로 생각했습니다. 당시 연대의 서기가, 이런 젠장, 별명이 도저히 기억 안 나는군요······. 비스크랴크, 아니 이게 아니고, 모투조츠카, 아니 이것도 아니고, 골로푸체크, 이것도 아닌데··· 제가 단지 아는 것이라곤 별명이 기묘하고 이상하게 시작한다는 것인데, 어쨌든 그가 우리 할아버지를 불러 말하길 게트만님이 할아버지를 여왕님께 편지를 가지고 갈 사자로 파견했다는 겁니다. 할아버지는 오래 준비하는 것을 싫어하셨습니다. 일단 편지를

---

* 바투린(Baturin)은 우크라이나의 드네프르 강 지류인 세임 강에 접해 있는 도시이다.
** 게트만(getman)은 군사령관의 칭호이다.
*** 전후 맥락으로 볼 때 여왕은 1741년부터 1761년까지 러시아 제국을 다스린 엘리자베타 페트로브나(1709~1761)이다.

모자에 넣어 꿰맸습니다. 그리고 말을 끌고 나왔죠. 아내와 자신이 새끼돼지라고 부르는, 그중 하나는 우리 형제의 아버지였던 두 아들에게 입 맞춘 후 할아버지는 마치 열다섯 명의 젊은이들이 길 한가운데에서 백개먼*을 하듯 자신의 뒤에 먼지바람을 일으키며 질주했습니다. 다음 날 수탉이 네 번째로 울기도 전에 할아버지는 이미 코노토프**에 계셨습니다. 그때 거기에는 시장이 서 있었는데 사람들이 거리로 하도 많이 쏟아져 나와 눈이 빙글빙글 돌 정도였어요. 그러나 이른 시간이었기 때문에 아직 사람들 모두가 땅에 쭉 뻗어 자고 있었죠. 암소들 옆에는 멋쟁이새***처럼 벌건 코의 젊은 한량 하나가 누워 있었습니다. 좀 떨어진 곳에서는 부싯돌과 푸른색 물감 다발, 산탄, 부블리크를 사고파는 중 고상 여자가 앉아서 코를 골며 자고 있었고요. 짐마차 아래에는 집시가, 생선이 놓인 수레 위에는 행상인이 누워 있었어요. 길바닥에는 허리띠와 장갑을 파는, 턱수염이 수북한 러시아 놈이 팔다리를 쭉 뻗고 있었죠…… 뭐, 시장에서 흔히 보는 그런 잡다한 사람들이었어요. 할아버지께서

---

* 백개먼(backgammon)은 매우 오래된 보드게임 중 하나의 명칭이다.
** 코노토프(Konotop)는 우크라이나 북동부에 위치한 도시이다.
*** 멋쟁이새(bullfinch)는 참새목 되새과의 겨울 철새로 수컷의 배가 붉은색을 띤다.

는 주위를 꼼꼼히 잘 살펴보기 위해 잠깐 멈추었습니다. 한편 천막 안에서는 무언가가 조금씩 가볍게 움직이기 시작했습니다. 유대인 여자들이 물병으로 댕댕거리는 소리를 내기 시작한 것이었죠. 여기저기서 고리 모양의 연기가 피어 올랐고 기름에 튀긴 뜨거운 빵 냄새가 짐마차 행렬 구석구석으로 퍼져나갔습니다. 할아버지께서는 부시통도, 담배도 준비해오지 않았음을 돌연 깨달았고 시장에서 그것들을 찾아 나섰습니다. 스무 걸음도 채 걷기 전에 그를 향해 걸어오는 자포리자* 카자크가 나타났습니다. 얼굴을 보아하니 딱 한량이었죠! 불같이 새빨간 통 넓은 바지에 파란색의 짧은 윗옷, 선명한 색깔의 허리띠, 옆에는 긴 칼과 발뒤꿈치까지 오는 쇠사슬이 달린 담뱃대를 찬, 자포리자 카자크가 틀림없었죠. 아, 정말 멋진 사람이에요! 자포리자 카자크는 일어나서 몸을 쭉 펴고 멋들어진 콧수염을 손으로 매만지다가 신발의 금속 뒷굽을 쟁그랑거리며 시동을 겁니다. 자, 이렇게요. 아낙네의 손에 있는 물레 가락처럼 다리가 노곤해지도록 춤을 춥니다. 회오리바람처럼 손가락으로 반두라**의 모든 줄을 튕기다가 반두라를 옆에 끼고 한쪽 다

---

* 자포리자(또는 자포로제)는 우크라이나 남동부 드네프르 강에 위치한 지역이다.
** 반두라(bandura)는 류트와 지터를 혼합한 우크라이나의 전통 현악기이다.

리는 굽히고 다른 쪽 다리는 내차면서 앉았다 일어났다 하는 춤을 춰요. 그리고 낭랑한 목소리로 노래를 부르면 영혼이 흥겨워집니다……. 아니, 이제는 옛날 얘기죠. 더 이상 자포리자 카자키를 볼 수는 없으니까요! 네, 할아버지와 자포리자 카자크는 그렇게 만났습니다. 끊임없이 말을 나누다 보니 친해지는 데에 오랜 시간이 걸리지는 않았겠죠? 그렇게 잡담에 잡담을 거듭하다 보니 할아버지께서는 자신의 여행에 대해 이미 완전히 잊어버리게 되었습니다. 사순대제 전의 결혼식에서처럼 술판이 벌어졌습니다. 아마도 그들은 항아리를 깨부수고 사람들에게 돈을 뿌리는 것도 지겨워졌을 거예요. 시장이 영원히 서는 건 아니니까요! 이 새 친구들은 헤어지지 않고 함께 여행하기로 합의했습니다. 그들이 들판으로 나왔을 때는 이미 한참 전에 저녁이 가까워져 있었습니다. 태양은 쉬러 물러갔습니다. 태양 대신 여기저기에서 붉은 줄들이 타올랐죠. 들판마다 곡식들로 알록달록했는데 마치 검은 눈썹의 농촌 여인이 명절에 입는 격자무늬 치마 같았습니다. 자포리자 카자크는 잡담에 온 정신을 뺏겼습니다. 할아버지, 그리고 그들과 합류한 또 다른 한량은 그 사람 안에 악마가 깃든 건 아닌지 이미 생각하기 시작할 정도였어요. 이 지경까지 이르게 된 이유야 있었죠.

이야기와 우스갯소리가 매우 괴이했던 고로 할아버지는 배가 아플 정도로 포복절도하셨거든요.

들판에서 점점 더 멀리 갈수록 더더욱 어두컴컴해졌습니다. 이야기도 점차 두서없게 되었고요. 마침내 우리 이야기꾼은 완전히 잠잠해져서 바스락거리는 소리에도 흠칫거렸습니다.

"헤헤, 고향 친구! 자네 농담도 이젠 끝내고 졸기 시작하는군. 집에 가서 페치카 위에 누울 생각을 이미 하고 있어!"

"자네들 앞에서는 아무것도 숨길 수가 없네그려."

그가 갑자기 몸을 돌려 일행을 뚫어지게 바라보며 말했습니다.

"그런데 말이지, 내 영혼이 오래전에 악마에게 팔렸다네."

"그게 뭐 놀랄 일인가! 살면서 악마와 접촉하지 않는 이가 누가 있겠나? 그러니까 죽기 전에 즐겨야 한다고 말들 하잖아."

"여보게들! 나도 즐기고 싶은데 오늘 밤이 용감한 나에게는 마지막 시간이거든! 자, 형제들!"

그들의 어깨를 두드리며 그는 말을 이었습니다.

"나를 버리지 말게. 오늘 하룻밤 자지 말아주게. 그러면 자네들 우정을 평생토록 잊지 않겠네."

이런 어려움 가운데 있는 사람을 도와주지 않을 이유가 없지 않습니까? 할아버지는 악마가 그 더러운 개 같은 낯짝으로 자신의 정교도 영혼의 냄새를 맡게 하느니 자신의 앞머리를 자르겠다고 솔직하게 선언했습니다.

만약 검은 삼베 같은 밤이 하늘을 뒤덮고 양가죽 외투 아래에 있듯 들판이 어두워지지 않았다면 우리 카자키는 말을 타고 더 멀리 갔을 것입니다. 저 멀리에서 불빛만이 어렴풋이 보였습니다. 말들은 가까운 곳에 마구간이 있음을 감지하고는 귀를 쫑긋 세우고 어둠을 주시하면서 서둘러 갔습니다. 불빛은 우리를 향하여 질주하는 듯했고 카자키 앞에는 즐거운 세례 잔치에서 돌아오는 노파처럼 한쪽으로 기울어진 술집이 나타났습니다. 그 당시 술집은 지금과 같지 않았습니다. 착한 사람도 몸을 뻗거나 고를리차 혹은 고팍*을 출 곳이 없는 마당에 머리끝까지 술에 취해 갈지자로 걷기 시작하는 사람이 누울 곳은 없었죠. 마당에는 온통 장사꾼들의 수레가 정차되어 있었습니다. 헛간 아래 구유와 마른 풀 더미 안에서 누군가는 몸을 웅크리고, 누군가는 대자로 누워 고양이처럼 골골거리며 자고 있었습니다.

* 고를리차(gorlitsa)와 고팍(gopak)는 우크라이나의 민속춤이다.

등잔 앞 술집 주인 한 사람만이 장사꾼들이 퍼마신 파인트
*와 쿼트**의 수를 막대기 위에 표시하고 있었습니다. 할아
버지께서는 세 명이 마실 보트카 3분의 1 들통을 주문하고
는 헛간으로 갔습니다. 세 사람은 나란히 누웠습니다. 할아
버지께서 몸을 돌려 눕기도 전에 그의 동향인들은 이미 죽
은 듯이 자고 있었습니다. 그들과 합류한 세 번째 카자크를
깨운 할아버지는 그에게 약속을 상기시켰습니다. 그는 반
쯤 일어나서 눈을 비비고는 다시 잠들었습니다. 별수 없이
혼자서 망을 볼 수밖에 없었죠. 어떻게든 잠을 쫓기 위해
할아버지는 짐수레들을 모조리 살펴보았고 말들에게 다가
가 보았으며 담뱃대로 담배를 피우고는 되돌아와서 일행
곁에 다시 앉았습니다. 파리 한 마리 날아다니지 않는 듯
주위는 고요했습니다. 그런데 옆의 수레에서 회색의 무언
가가 뿔을 드러내는 것이 보이는 듯했습니다……. 바로 이
때 할아버지의 눈은 감기기 시작했고 그래서 매순간 주먹
으로 눈을 비비고 남은 보드카로 눈을 씻어 내야만 했습니
다. 그러나 약간이나마 잘 보이게 되면 곧바로 모든 것이 사

* 파인트(pint)는 액량 단위로 1파인트는 0.568리터(영국) 혹은 0.473리터(미국 외 다른 나
  라)이다.
** 쿼트(quart)는 0.5파인트이다.

라졌습니다. 드디어 잠시 후 괴물이 수레 아래에서 보였습니다⋯⋯. 할아버지는 할 수 있는 한 눈을 부릅떴지만 망할 졸음이 그 앞의 모든 것을 흐릿하게 했습니다. 그의 손은 굳었고 머리는 떨구어졌으며 깊은 잠이 그를 사로잡았기 때문에 그는 죽은 사람처럼 쓰러졌습니다. 할아버지께서는 오랫동안 잠들었고 이윽고 햇볕이 깨끗하게 면도한 그의 정수리를 쨍쨍 내리쬐어서야 비로소 벌떡 일어나셨습니다. 두어 번 기지개를 켜고 등을 긁은 후 할아버지는 어제저녁처럼 짐수레가 그리 많지 않다는 것을 깨달았습니다. 장사꾼들은 아마도 날이 밝기 전에 일을 하러 간 듯했죠. 자기 동료들을 보니 다른 카자크는 자고 있는데, 자포리자 카자크는 없었습니다. 그에 대해 사람들에게 물어봤으나 아는 이는 아무도 없었습니다. 긴 상의 하나만이 그가 있던 자리에 놓여 있을 뿐이었죠. 공포와 의혹이 할아버지를 사로잡았습니다. 말들이 있나 가 보니 자신의 말도, 자포리자 카자크의 말도 없는 게 아니겠어요! 이건 대체 무엇을 의미하는 걸까요? 악마가 자포리자 카자크를 데려갔다고 가정해봅시다. 그럼 말을 데려간 건 누구죠? 모든 숙고 끝에 할아버지는 악마가 걸어와서는 지옥까지 가는 길이 멀어서 그의 말역시 훔쳐갔다고 결론지었습니다. 할아버지는 카자크와의

237

약속을 지키지 못해 매우 상심했습니다. "이런." 할아버지는 생각했습니다. "할 수 없이 걸어가야겠군. 혹시 길에서 시장에서 오는 말 중개상이라도 만나게 되면 어떻게든 말부터 사야지." 모자를 집으려 보았으나 모자가 없었습니다. 할아버지는 어제저녁에 자포리자 카자크와 잠시 모자를 교환한 것을 기억해내곤 손을 들어올려 손뼉을 쳤습니다. 악마가 아니면 누가 가져가겠어요. 할아버지는 게트만이 보낸 사자인데! 여왕에게 편지를 전달해야 하는데! 여기서 할아버지는 악마를 몇몇 별칭으로 불러가며 욕하기 시작했고 제 생각에 이때 악마는 지옥에서 여러 번 재채기를 했을 것입니다. 그러나 욕한다고 별 소용이 있겠어요. 할아버지는 뒤통수를 제아무리 긁어봤자 아무것도 생각해낼 수 없었습니다. 무엇을 해야 할까요? 할아버지는 남의 지혜에 매달렸습니다. 그 당시 술집에 있던 착한 사람들, 장사꾼들, 나그네들을 모두 모아 이러이러해서 이런 불행이 닥쳤다고 말했습니다. 장사꾼들은 채찍에 턱을 괸 채 한참을 생각하고 고개를 이리저리 흔들면서 기독교 세계에서 악마가 게트만의 편지를 가져갔다는 이런 기이한 일에 대해서는 들어본 적이 없다고 말했습니다. 다른 이들은 악마와 러시아 놈이 무언가를 훔치면 흔적도 없이 사라진다고 덧붙였습니다. 술집 주인 한 사람만이 구석에서 말없이 앉아 있었습니다. 할아버지는 그에게 다가갔습니다. 침묵하는 사람은 지혜가 많은 법이니까요. 다만 술집 주인은 말을 하는데 후한 사람이 아니었습니다. 만약 할아버지가 주머니에서 20코페이카 동전 5개를 꺼내 주지 않았다면 그 앞에서 하릴없이 서 있어야 했을 거예요.

"어떻게 편지를 찾을지 내가 가르쳐주지." 그는 할아버지를 한쪽으로 데려가며 말했습니다. 할아버지는 안심했습니다. "자네 눈을 보아 하니 자네는 여인네가 아니라 카자크야. 자, 보게나! 술집 근처에 오른쪽 숲으로 이어지는 갈림길이 있을 거야. 들판에서 날이 저물기 시작하자마자 준비를 해야 해. 숲에는 집시들이 살고 있고, 이들은 마녀들이 부지깽이를 타고 다니는 밤이면 쇠를 단조하러 자신의 은신처에서 나온다네. 그들이 실제로 무엇을 만들려고 생각하는지 자네는 알 수 없어. 숲에서는 두드리는 소리가 많이 들릴 텐데 그 소리가 들리는 쪽으로 가면 안 돼. 타버린 나무를 옆으로 지나치는 오솔길 하나가 자네 앞에 나타날 거야. 그 길로 걷고 또 걷고 또 걸어가게… 가시덤불이 자네를 할퀴고 무성한 개암나무 덩굴이 길을 덮어도 계속 걸어가게. 시내에 이르러야만 멈출 수 있다네. 거기서 필요한 사람을 보게 될 거야. 또한 주머니가 무엇 때문에 만들어졌는지, 그 주머니에 넣어갈 것을 잊어선 안 돼… 자네도 알다시피 악마나 사람이나 이 물건을 좋아해." 이 말을 한 후 술집 주인은 자신의 초라한 집으로 들어갔고 더 이상 한 마디도 말하려 하지 않았습니다. 고인이 된 할아버지는 결코 겁쟁이가 아니었습니다. 늑대를 만나면 바로 꼬리를 잡는 사람이었죠. 만약 카자키와 주먹다짐을 한다면 그들은 배처럼 땅에 굴러 떨어질 것입니다. 그러나 깊은 밤 숲속에 들어서니 무언가 소름이 끼쳤습니다. 하늘에는 별 하나 없었습니다. 포도주를 저장하는 지하창고처럼 어둡고 먹먹했죠. 머리 위 멀고 먼 곳에서 바람이 나무 꼭대기에서 노니는 소리, 주객의 말소리처럼 나뭇잎들이 속삭이는 소리, 술 취한 카자크의 머리처럼 자유분방하게 나무들이 흔들리는 소리만이 들릴 뿐이었습니다. 매서운 추위가 몰려오자 할아버지는 자신의 양털 외투를 생각했는데, 별안간 숲에서 마치 백 개의 망치로 치는 듯한 큰 소리가 들려왔던 탓에 그의 머리가 왕왕 울리기 시작했습니다. 그리고 섬광 같은 것이 순간 숲 전체를 밝혔습니다. 바로 그때 할아버지는 작은 덤불 사이로 난 오솔길을 보았습니다. 거기엔 타버린 나무와 가시덤불이 있었고요! 술집 주인이 말해준 것과 모든 것이

똑같았습니다. 그가 속이지 않은 거죠. 그러나 가시덤불을 헤치고 지나가는 것이 결코 유쾌하진 않았습니다. 그런 빌어먹을 가시들과 나뭇가지들이 아프게 할퀴어대는 것을 할아버지는 난생처음 보았습니다. 거의 매 걸음을 뗄 때마다 소리를 질렀어요. 조금씩 조금씩 할아버지는 탁 트인 곳으로 나왔고 나무들은 드문드문 줄어들고 있음을 눈치챘습니다. 더 깊이 가면 갈수록 할아버지가 폴란드 쪽에서는 보지 못했던 거대한 나무들이 나타났습니다. 그리고 기다려왔던 그것, 나무들 사이로 마치 검게 칠한 강철같이 검은 시내가 반짝였습니다. 할아버지는 시냇가에 한동안 서서 사방을 살펴보았습니다. 맞은편 시내에서는 불길이 타오르고 있었습니다. 이 불길은 꺼질 듯 하다가도 다시 깜박이면서 마치 카자크의 수중에 있는 폴란드 귀족처럼 전율하는 시내에 비쳤습니다. 그리고 그 작은 다리가 있었어요! 하도 좁아서 말 한 필이 끄는 악마의 이륜마차 하나만이 건널 수 있을 정도였어요. 그러나 할아버지는 대담하게 다리로 들어섰고 담배 냄새를 맡기 위해 파이프를 꺼내는 속도보다 더 빨리 걸음을 옮겨 이미 다른 시냇가에 도착했습니다. 바로 그때 그가 본 것은 불 주위에 앉아 있는 사람들이었는데, 이들의 낯짝이 너무 아름다웠던 터라 어느 때라도 제발 만남을 회피하고 싶을 정도였습니다. 그러나 이제는 할 수 없이 얽혀야만 했어요. 할아버지는 그들에게 허리선까지 몸을 굽혀 인사한 후 말했습니다. "신이 당신들을 도우시길, 선한 사람들이여!" 단 한 사람도 고개를 끄덕이지 않았습니다. 묵묵히 앉아 불 속으로 무언가를 뿌려 넣고 있었습니다. 자리 하나가 빈 것을 본 할아버지는 여타의 준비 작업 없이 곧바로 앉았습니다. 아름다운 낯짝들은 아무 말이 없었고 할아버지도 그러했습니다. 다들 말없이 오랫동안 앉아 있었습니다. 할아버지는 슬슬 지겨워지기 시작했습니다. 주머니를 뒤져 담뱃대를 꺼내곤 주위를 둘러보았으나 아무도 그를 보고 있지 않았습니다. "저, 선하신 분이여, 부탁 좀 들어주세요. 사실, 말하자면, 저기… (할아버지는 적잖은 세상 경험을 하셨고, 빈말을 하는 법도 아셨으며 설령 차르 앞에 설지라도 망신을 당하지 않으셨을 겁니다.) 말하자면 제 잇속도 챙기고 당신 기분도 상하지 않게 해야 하는데 말입니다. 제게 담뱃대는 있는데 불붙일 게 없네요." 이 말에 한마디 대답도 없었습니다. 다만 한 놈이 뜨거운 장작을 곧장 할아버지의 이마에 들이미는 바람에 만약 할아버지가 살짝 피하지 않았다면 한쪽 눈과 영원히 이별했을 거예요. 헛되이 시간만 흘러가는 것을 보면서 마침내 할아버지는 사악한 종족이 들든 말든 이야기를 해야겠다고 결심했습니다. 놈들은 집중한 낯짝으로 귀담아들었고 발을 내밀었습니다. 할아버지는 이것이 무엇을 의미하는지 추측했습니다. 자신에게 있는 모든 돈을 한 줌 집어 마치 개들에게 던지듯 그들 한복판에 버렸습니다. 돈을 버리자마자 할아버지 앞의 모든 것이 서로 뒤섞이며 땅이 진동했고, 그리고 이것은 할아버지 자신도 설명할 수가 없는데, 어느덧 할아버지는 이미 지옥에 계셨습니다. "세상에나!" 사방을 면밀히 살펴보고는 할아버지께서 외치셨습니다. "저 괴물들 좀 봐!" 말 그대로 흉물 뒤에 또 흉물이 있는 거예요. 성탄절에 때로 내리는 눈송이처럼 헤아릴 수 없는 마녀들이 시장에 온 귀족 영애令愛처럼 화려하게 옷을 입고 화장을 하고 있었습니다. 그리고 거기에 있는 모두가 취한 사람들처럼 악마의 트로팍을 추고 있었습니다. 어찌나 먼지가 솟아오르던지, 신이여 도와주소서! 이 악마의 종족이 얼마나 높이 뛰어오르던지 만약 그리스도인이 그것을 본다면 전율에 사로잡힐 것입니다. 개의 상통을 한 악마들이 마치 청년들이 예쁜 아가씨 곁을 맴돌듯 꼬리를 홱홱 돌려가며 독일인의 다리같이 짧은 다리로 마녀 주위를 맴도는 모습을 보았을 때 할아버지는 무서웠음에도 불구하고 웃음을 터뜨릴 수밖에 없었습니다. 음악가들은 북을 치듯 주먹으로 자신의 뺨을 때렸고 호른을 불 듯 코를 불었습니다. 그들은 할아버지를 멀리서 보자마자 할아버지를 향해 떼 지어 몰려왔습니다. 돼지, 개, 염소, 느 시, 말의 낯짝을 한 무리 전체가 몸을 길게 늘이고 입을 맞 추러 기어왔죠. 이런 추악한 것들이 달려들다니! 할아버지 는 침을 뱉었습니다. 마침내 그들은 할아버지를 붙잡아 코 노토프에서 바투린까지의 길만큼 긴 탁자에 앉혔습니다. "음, 아직 완전히 나쁜 건 아니야." 식탁 위에 돼지고기와 햄, 양배추를 곁들인 양파 조각들과 온갖 맛있는 것들을 보고 할아버지는 생각했습니다. "악마 놈들은 사순절을 지키지 않나 보군." 여러분께 알려드려야 할 것은 저희 할아버지는 이로 무엇인가를 붙잡으면 놓치지 않으신다는 거예요. 고인 이 된 할아버지께서는 맛있게 드셨습니다. 그리고 아무런 말 없이 잘린 비계기름이 있는 사발과 넓적다리로 만든 햄 을 자신 쪽으로 끌어와 농부가 건초를 만드는 쇠스랑만 한 포크를 집어 들고는 그것으로 가장 무거운 조각을 찍어 들 어 빵 껍데기 위에 놓았는데, 이럴 수가, 그것을 다른 이의 입속으로 집어넣은 것이었습니다. 바로 귀 근처에서 누군가 의 상통이 이를 딱딱 부딪치며 씹는 소리가 온 탁자에 들리 는 듯했습니다. 할아버지는 괘념치 않고 다른 조각을 집어

들어 입으로 문 것 같았는데, 이번에도 자신의 목으로 넘어가지 않았습니다. 세 번째에도 놓쳐버렸습니다. 할아버지는 머리끝까지 화가 났습니다. 공포도, 자신이 누구의 수중에 있는지도 잊어버렸죠. 그는 벌떡 일어나 마녀들에게 소리를 질렀습니다.

"당신들, 이 헤롯의 종족아, 나를 조롱하려는 생각인 거야? 만약 나의 카자크 모자를 당장 내놓지 않으면, 당신들의 돼지 같은 낯짝이 뒤통수가 되도록 비틀어버릴 거야. 그렇게 하지 않으면 난 가톨릭교도야!" 할아버지가 말을 다 끝마치기도 전에 모든 괴물이 이를 드러내며 비웃고 박장대소하는 바람에 할아버지의 심장은 싸늘해졌습니다. "좋아!" 가장 아름다운 상판대기를 가진 고로 다른 것들보다 나이가 많을 거라고 할아버지가 생각했던 마녀 하나가 무리 중에서 새된 소리를 질렀습니다. "너에게 모자를 주지, 단 '두라크' 카드놀이 세 번을 해서 우리를 이기기 전까진 안 돼!" 할아버지께서 무엇을 하시겠습니까? 카자크는 마귀할멈들과 두라크 카드놀이를 하러 앉을 수밖에요! 할아버지는 거부하고 거부하다가 결국 앉았습니다. 우리 사제의 딸들이 장래 남편에 대해 점칠 때 쓰는 것과 같이 기름때 묻은 카드를 가져왔습니다. "잘 들어!" 다시 마녀가 짖었습니다. "만약 네가 한 번이라도 이기면 모자를 주지. 세 번 다 바보가 되면, 즉 지게 되면 모자뿐 아니라 더 이상 세상 구경도 못할 거야!" "카드를 돌려, 돌리라고, 망할 마귀할멈! 될 대로 되라지." 그래서 각자에게 카드가 나눠졌습니다. 할아버지는 카드를 손에 들었지만 쓰레기 같은 것만 들어와서 보고 싶지 않았습니다. 재미를 위해 단 하나의 트럼프 카드(으뜸패)라도 있었으면 좋을 텐데 말입니다. 패 중에 가장 높은 것은 10이고, 심지어 페어도 없었습니다. 바보가 될 수밖에 없었어요! 할아버지가 바보가 되자마자 사방에서 상통들이 큰 소리로 웃고 짖어대고 꿀꿀거리기 시작했습니다. "바보! 바보! 바보!" "실컷 애써 소리 질러라, 악마의 종족아!" 할아버지는 손가락으로 귀를 막으면서 외쳤습니다. 마녀가 속임수를 써서 카드를 섞었으니 이번엔 내가 나눠줘야지, 할아버지는 이렇게 생각하고 카드를 돌렸습니다. 그는 트럼프를 들었습니다. 자신의 카드를 보니 나쁜 것들은 전혀 없고 트럼프 카드들이 있었습니다. 처음에는 더할 나위 없이 좋게 게임이 진행되었습니다. 마녀가 킹 카드가 몇 개 있는 다섯 장의 카드를 내놓기 전까지요! 할아버지 손에 있는 카드들은 죄다 트럼프였습니다. 생각하지도, 오랫동안 추측하지도 않고 할아버지는 모든 트럼프로 왕을 잡았습니다. "헤헤! 이건 카자크식이 아니지! 동향 친구, 무엇으로 킹을 덮는 거야*?" "무엇이라니? 트럼프 패지!" "당신 생각에는 이게 트럼프 패들이겠지만 우리 생각에는 아니야!" 할아버지가 보니 실상 평범한 패였습니다. 이런 악마의 장난이 있을 수가! 이번 판에서도 바보가 될 수밖에 없었고, 악마들은 "바보, 바보!" 다시 꽥꽥 소리를 질러대는 바람에 탁자가 진동하고 카드들은 탁자 사방으로 튀었습니다. 할아버지는 격노했습니다. 마지막으로 패를 돌렸습니다. 다시 순조롭게 흘러갔습니다. 마녀는 다시 다섯 장의 카드를 내놓았습니다. 할아버지는 그것을 덮고 카드 한 벌에서 트럼프 패들을 한 손 가득 가져왔습니다. "트럼프야!" 카드가 광주리처럼 휘어지도록 카드로 탁자를 친 후 할아버지가 소리를 지르셨습니다. 마녀는 한 마디도 하지 않고 다른 세트의 8로 그것을 덮었습니다.

"무엇으로 내 트럼프를 죽이는 거야, 이 늙은 악마야!" 마녀는 카드를 들어올렸습니다. 카드 아래에는 평범한 6이 있었습니다. "이것 좀 보게, 간교한 속임수야!" 할아버지는 이렇게 말했고 분노하여 있는 힘껏 주먹으로 탁자를 내리쳤

---

* 그 끗수보다 많은 패를 내는 것을 의미한다.

습니다. 다행스럽게도 마녀에게는 나쁜 패가, 할아버지에게는 일부러 그런 것처럼 페어가 있었습니다. 할아버지는 온 힘을 다해 카드 한 벌에서 카드들을 가져오기 시작했는데 별 볼 일 없는 것들뿐이었습니다. 전부 다 쓰레기 같은 패들이어서 할아버지는 낙담하셨습니다. 더 이상 가져올 카드는 한 장도 남아 있지 않았습니다. 그래서 보지도 않고 평범한 6 카드패를 냈습니다. 마녀가 받아들였습니다. "아니, 어떻게 이럴 수가 있어! 이게 뭐지? 뭔가 잘못된 거 같은데!" 글쎄, 할아버지는 탁자 밑에서 카드들을 조용히 교차시켜 십자가를 만들었던 것입니다. 그러고 나서 보니 그의 손에는 에이스, 킹, 잭이 있었고 그가 낸 카드는 6이 아니라 퀸이었던 겁니다. "이런, 나를 바보라고 불렀겠다! 트럼프 패가 킹인데! 그래! 받아들일 거야? 응? 이 망할 것아! 에이스는 원치 않아? 에이스! 잭……" 지옥 전체에서 우레가 울렸습니다. 마녀는 온몸을 비틀며 경련을 일으켰고 난데없이 모자가 할아버지의 얼굴로 툭 떨어졌습니다. "아니, 이것으로는 충분치 않아!" 할아버지는 약간의 용기가 생겨서 모자를 쓰신 후 소리치셨습니다. "만약 지금 당장 내 앞에 나의 훌륭한 말을 갖다 놓지 않으면 너희를 향해 성호를 그을 거야! 그렇게 하지 않으면 난 이 불결한 곳에서 번개 맞아

죽도록 하지!" 이렇게 말하고 팔을 들어올리는데 갑자기 그의 앞에 말의 뼈들이 덜그럭거렸습니다. "자, 여기 네 말이 있다!" 불쌍한 할아버지는 멍청한 아이처럼 그 뼈들을 보고선 울음을 터뜨렸습니다. 이 오랜 친구가 얼마나 가여운지! "당신네 거처에서 빠져나갈 수 있도록 아무 말이라도 내게 좀 주시오!" 악마가 긴 채찍으로 후려치자 할아버지 밑에서 불꽃같은 말이 날아올랐고 할아버지는 말을 타고 새처럼 위로 비상했습니다.

그러나 길을 가는 동안 말이 외침 소리나 고삐에도 복종하지 않고 구덩이와 늪들을 뛰어넘을 때에는 공포가 엄습했습니다. 그가 어떤 곳들을 지나갔는지 그중 하나를 이야기하면 여러분은 벌벌 떨 겁니다. 어쩌다 발밑을 보았다가 할아버지는 질겁했습니다. 심연! 무시무시한 낭떠러지가 있었어요! 그러나 사탄의 짐승은 조금도 거리낌 없이 그것을 곧장 건넜습니다. 할아버지는 말을 멈추려 시도했으나 아무 소용없었습니다. 말은 나무 그루터기들과 작은 둔덕들을 지나 구덩이 속으로 곤두박질치듯 날아갔고 땅바닥과 세게 충돌하는 바람에 할아버지는 죽는 줄 알았습니다. 적어도 그 당시에 할아버지는 자신에게 일어난 일을 전혀 기억하지 못했습니다. 조금 정신을 차려 주위를 둘러보았을 때는 이미 날이 완전히 밝아 있었습니다. 눈앞에는 익숙한 장소가 어른거렸고 할아버지는 자기 농가의 지붕 위에 누워 있었습니다.

아래로 내려오면서 할아버지는 성호를 그었습니다. 이 무슨 악마의 소행인지! 심연이라니, 인간에게 그런 기이한 일들이 생기다니! 손을 보니 피투성이였습니다. 물이 담긴, 우뚝 서 있는 물통에 얼굴을 비춰보니 얼굴 역시 마찬가지였죠. 아이들이 놀라지 않게 고루 잘 씻은 후 농가로 조용히 들어갔습니다. 겁먹은 아이들이 손가락으로 그를 가리키고 뒷걸음질치며 이렇게 말하는 것을 보았어요. "봐봐, 봐봐, 엄마가 미친 사람처럼 펄쩍 뛰겠네!" 실상 아내는 베틀 앞에 앉아 물레 가락을 손에 쥔 채 자고 있었는데 잠에 취한 그녀는 의자 위에서 뛰어올랐습니다. 가만히 아내의 손을 잡고 할아버지는 그녀를 깨웠습니다. "안녕, 여보! 잘 지냈소?" 그녀는 눈이 휘둥그레져서 한동안 바라보다가 드디어 할아버지를 알아보고는 페치카가 항아리들과 함지들을 삽으로 밀어가면서 집 안 곳곳을 돌아다니는 꿈을 꾸었다고, 대체 이게 무슨 꿈인지 도통 모르겠다고 말했습니다. "음, 당신은 꿈에서 보았겠지만 난 실제로 보았어. 보건대 우리 집에 축성祝聖*을 해야겠어. 지금 당장, 늦장을 부릴 시간이 없어." 이렇게 말하고 조금 쉰 후 할아버지는 말을 타고 목적지에 가서 여왕에게 편지를 건넬 때까지 밤낮을 달렸습니다. 거기에서 할아버지는 그 후 오래도록 그에 대해 이야기하게 될, 매우 놀라운 것들을 보았습니다. 그는 궁전으로 향했는데, 그 궁전은 농가 열 개를 차례로 세워도 못 미칠 정도로 높았다고 해요. 할아버지는 어느 방을 들여다봤는데 아무도 없었고, 다른 방에도, 세 번째 방에도 없었고 심지어 네 번째 방에도 사람이 아무도 없었답니다. 다섯 번째 방을 보니, 아니 글쎄, 황금 왕관을 쓰고 기장이 긴 회색의 새 윗옷을 입고 붉은 부츠를 신은 여왕이 앉아서 갈루시키를 먹고 있었대요. 여왕은 그의 모자 가득 5루블짜리 푸른색 지폐를 채워주도록 명령했고, 그리고… 저는 다 기억할 수가 없습니다. 악마와 관련된 소동에 대해서 할아버지는 생각하는 것조차 잊었고, 만약 그것에 대해 누군가가 상기시키는 경우가 생기면 마치 그 일이 자신과 상관없이 일어난 것인 양 침묵했습니다. 무슨 일이 있었는지 전부 말하도록 간청하여 그를 설복시키려면 상당한 노력을 해야 했습니다. 그리고 그 후 즉시 농가를 축성하는 것을 생각하

---

* 사람이나 물건을 하나님께 바쳐 거룩하게 하는 행위.

지 못한 것에 대한 벌인 듯 아내에게 매년 바로 그 시일에 이상한 일 하나가 벌어졌는데, 아내가 춤을 춘다는 것입니다. 아무것도 안 하고 그저 춤만 춘대요. 무엇을 하려고 그녀가 애쓰든 간에 다리가 마음대로 움직이기 시작해서 앉았다 일어섰다 이런 식으로 춤을 추게 한다네요.

역자의 말

    고골은 1809년 폴타바 현 미르고로드 군의 작은 마을 벨리키예 소로친치(현재 우크라이나 폴타바 주 미르고로드 구 벨리키예 소로친치)의 지주 가문에서 태어났다. '자신의 삶을 국익에 필요하도록 만들겠다는 꺼지지 않은 열망으로 타올랐던' 고골은 1828년 김나지움 졸업 후 당시 러시아 제국의 새 수도였던 페테르부르크로 떠났다. 비록 사법계의 유명인사가 되겠다던 소기의 목적이 이 북방의 베네치아(화려함과 아름다움으로 인해 페테르부르크가 얻은 별명)에서 실현되지는 못했지만 대신 고골은 우크라이나를 노래한 작가, 페테르부르크 텍스트의 창조자로서 큰 명예와 영광을 얻었다.

    평단의 냉담한 반응을 받은 첫 시 작품들(「이탈리아」와 『한스 큐헬가르텐』)의 실패 이후 작가 고골의 이름이 널리 알려지게 된 계기는 1831~1832년 출간된 중단편 모음집 『지칸카 근교의 야화』이었다. 19세기 초반 유럽과 러시아에 팽배한 민족주의와 낭만주의의 분위기 속에서 이국적인 지방과 토착민들은 사람들의 주목을 받았고, 1654년 이래 러시아에 병합되었으나 러시아와 다른 언어와 문화를 지녔던 우크라이나는 그 이국성으로 인해 러시아 독자들의 관심을 끌기에 충분했다. 고골의 작품 속 이국적인 우크라이

나의 언어, 의복, 음식, 민속들 그리고 고골 특유의 독특하고 재치 있는 문체는 러시아 독자들을 사로잡았을 뿐 아니라 당대 최고의 작가 푸시킨의 칭송을 받았다.

고골은 성공을 거둔 전작의 분위기를 이어 1835년 네 개의 작품(「구시대 지주들」, 「타라스 불바」, 「비」, 「이반 이바노비치와 이반 니키포로비치가 싸운 이야기」)이 실린 모음집 『미르고로드』와 전작들과는 상당히 다른 작품집 『아라베스크』를 동시에 출간했다. 『아라베스크』에는 역사와 지리 교육, 현대 건축과 회화, 유럽의 중세, 우크라이나 민요들의 글들과 함께 화려한 대도시 페테르부르크를 배경으로 한 세 작품(「초상화」, 「넵스키 대로」, 「광인의 수기」)이 수록되었다.

1836년은 고골의 생애의 한 기점이 되는 해로서 이 해에 고골은 단편 「코」와 희곡 『검찰관』을 발표하고 『검찰관』의 무대 상연에 대한 상반된 반응에 충격을 받아 러시아를 떠나 독일, 스위스, 프랑스, 오스트리아, 체코, 이탈리아 등을 여행하는가 하면 로마에 머물면서 1842년 『죽은 혼』과 「외투」를 출판한다. 1840년대에 고골은 육체적 질병과 정신적 질병(신경쇠약과 우울증)에 시달렸고, 1847년에 펴낸 『친구와의 서신 교환선』에 쏟아진 혹평과 비난은 그를 더욱 좌절시켰다. 고골은 자신의 상황을 타개할 해결책을 종교에서 찾았다. 예루살렘 성지순례, 당시 유명했던 옵티나 푸스틴 수도원 방문, 단식과 기도가 고골이 실천한 구체적인 방법이었다. 1852년 극도의 신경쇠약과 영양실조로 육신과 정신이 피폐해진 고골은 2월 21일에 생을 마감했다.

　　　　　　　　　::

　　고골은 1831년과 1832년에 총 8편의 작품들이 수록된『지칸
카 근교의 야화』1부와 2부를 펴냈는데, 이 책에 소개된 작품은
1부의「소로친치 시장」과「사라진 편지」이다.『지칸카 근교의 야
화』단편들의 공통분모는 인간과 악마(악령 또는 초자연적인 존재)
와의 조우로, 후자는 우스꽝스럽게 혹은 공포스럽게 묘사된다.
인간은 악마적 힘에 굴복하거나, 그것을 이용하거나 그에 승리한
다. 먼저「소로친치 시장」은 제목 그대로 우크라이나 폴타바 주
미르고로드 현의 벨리키예 소로친치에서 정기적으로 열리는 시
장을 배경으로 한다. 카자크 농부 솔로피 체레비크는 전처 소생
의 딸 파라스카와 후처 하브로니야(히브랴)와 함께 밀과 늙은 암
말을 팔기 위해 소로친치 시장으로 향한다. 이들은 도중에 카자
크 청년 그리츠코를 만나는데 그리츠코와 파라스카는 첫눈에
서로에게 호감을 느끼고 이후 시장에서 다시 만나 한층 더 가까
워진다. 솔로피 역시 호탕한 그리츠코가 맘에 들어 자신의 딸과
의 결혼을 허락하지만, 시장에 오는 길에 그리츠코와 심하게 다
툰 하브로니야는 이 결혼을 반대한다. 한편 소로친치 마을에는
기이한 소문이 떠도는데, 그것은 저주받은 시장터에 기다란 붉
은 상의를 입은 악마가 출몰한다는 것이었다. 그 배경은 다음과
같다. 한때 악마가 자신의 붉은 상의를 담보로 외상술을 마셨는
데, 유대인 술집 주인이 1년 후 빚을 갚고 상의를 되찾아가겠다

는 악마의 약속을 무시한 채 옷을 팔아버리고, 이 옷은 여러 사람의 손을 거치면서 그들에게 불행을 안겨주다가 결국 조각조각 나뉘어 소로친치 시장이 서는 광장에 뿌려진다. 돼지 상통을 한 악마가 시장에 출몰하는 이유는 자신의 상의 조각들을 수거하기 위해서이고, 이제 남은 것은 왼쪽 소매 하나이다. 이 마지막 조각을 수거하기 위해 악마가 나타난 곳이 바로 솔로피와 그의 아내 하브로니야, 그리고 그들의 친구들이 모여 있던 집이었다. 불쑥 출현한 악마를 본 솔로피와 그의 아내, 그리고 친구들은 혼비백산하여 도망친다. 이런 와중에 그리츠코는 파라스카와 결혼하기 위해 교활한 집시들의 도움을 받아 계략을 짜 거짓 곤궁에 빠진 솔로피를 구해주고 그 대가로 파라스카와 무사히 결혼식을 올린다.

「사라진 편지」에서는 화자가 등장하여 자신의 할아버지가 겪은 경험담을 이야기해준다. 카자크 할아버지는 상관으로부터 여왕에게 편지를 전달하는 임무를 부여받는다. 임무 수행을 위해 여왕에게 가던 중 할아버지는 또 다른 카자크 두 명을 길동무로 만나게 되는데, 이들 중 한 명으로부터 오늘 밤 악마가 자신을 데리고 갈 수도 있으니 잠들지 말고 자신을 지켜달라는 부탁을 받는다. 호언장담하며 약속한 할아버지는 그러나 잠에 굴복하였고, 아침에 일어나 보니 부탁을 한 카자크와 그의 말, 그리고 자신의 말이 사라졌음을 발견한다. 문제는 전날 할아버지가 사라진 카자크와 서로 모자를 바꿔썼고 여왕에게 전달할 편지가 그 모자 안에 있다는 것이다. 용감한 할아버지는 사라진 편지를 되찾기 위해 악마의 거처인 지옥으로 내려간다. 온갖 추악한 모습을 한 악마들과 마녀들은 할아버지에게 세 번의 카드놀이에서 한 번이라도 이기면 모자를 돌려주겠다는 제안을 하고, 마지막 게임에서 승리한 할아버지는 모자를 되찾아 편지를 여왕에게 무사히 전달한다. 지옥에서 돌아온 날, 할아버지는 자신의 집을 축성祝聖하겠다 결심하지만 그것을 잊고, 망각의 대가로 그의 아내는 매년 특정 시기(할아버지가 지옥에 다녀온 날)가 되면 자신의 의지와 상관없이 춤을 춘다.

「소로친치 시장」과 「사라진 편지」의 주인공들은 카자크로서 자신의 감정에 충실하고 음주가무와 모험을 즐기는 자유롭고 호방하며 용감한 인물들이다. 이들은 자신의 임무나 목적을 달성하기 위해 최선을 다하는데, 이때 악마는 목표 수행의 방해자 혹은 조력자로 등장한다. 악마의 등장과 개입은 인간의 죄(잘못)와 관계가 있다. 「소로친치 시장」에서는 술집 주인이 악마가 맡긴 담보물의 기한을 지키지 않았고, 「사라진 편지」에서 화자의 할아버지는 친구와의 약속을 지키지 못했다. 사실 두 작품의 주인공들은 악마와 직접적으로 얽히지 않았고, 악마에게 잘못한 것도 없다. 나아가 인간적으로도 별 결함이 없는 긍정적 주인공들이다. 이런 까닭으로 『지칸카 근교의 야화』의 다른 작품들(「성 요한제 전야」, 「무서운 복수」 등)과 비교할 때 두 작품에 등장하는 악마들은 다소 희화화되고, 작품의 분위기는 밝으며 주인공들은 모든 역경을 이겨내고 소기의 목적을 달성한다.

제국 러시아의 수도 페테르부르크를 배경으로 하는 「코」, 「광인의 수기」, 「외투」에 오게 되면 상황은 달라진다. 일명 '페테르부르크 이야기'에 속하는 이 세 작품에 등장하는 주인공들의 직업은 관리로, 표트르 대제가 독일에서 도입하여 러시아에 적용한 관등표에 의하면 '하급', '말단' 직급에 속한다. 페테르부르크 이야기들에는 분명 유머의 요소들이 있지만 그로테스크하고 환상적이면서 어두운 면이 더 강하다. 메트로폴리스 페테르부르크에서는 우크라이나의 작은 시골에서처럼 악마나 사악한 영이 직접, 전면적으로 등장하지 않는 대신 현실과 미묘하게 얽히고설켜 있고 따라서 현실과 환상의 경계 또한 명확하지 않다. 8등관 코발료프의 코는 얼굴에서 떨어져나와 이발사가 아침으로 먹을 갓 구운 따뜻한 빵 안에 들어가 있다가 다음 순간 5등관의 제복을 입고 마차를 타고 페테르부르크를 활보한다. 그러던 중 국경에서 경찰에게 잡혀 코발료프의 수중에 들어오지만 의사마저도 코를 제자리에 붙여놓지 못한다. 코발료프가 포기했다 싶을 즈음 시내 여기저기 등장하며 스캔들을 일으켰던 코는 어느 날 아침 아무 일도 없었던 듯 제자리로 돌아간다. 물론 이 모든 괴이한 사건을 코발료프의 하룻밤 꿈으로 볼 수 있다. 작품의 시작, 즉 코가 빵 속에서 발견된 3월 25일(율리우스력인 구력)과 작품의 마지막, 코가 다시 코발료프의 얼굴로 돌아온 4월 7일(그레고리력인 신력)은 같은 날이고, 고골은 원래 이 작품의 제목을 '꿈'(러시아어로 '꿈'은 'son'이다)으로 하려다 나중에 '코'(러시아어로 '코'는 'nos'이다. 즉 러시아어 '코'를 거꾸로 읽으면 '꿈'이 된다)로 바꾸었다. 이런 측면에서 볼 때 '코'는 코발료프의 욕망을 복합적으로 상징한다고 할 수 있다. 코가 돌아다닌다는 초현실적인 사건이 당시 페테르부르크의 현실과 너무도 밀접했기 때문에 작품은 환상적이면서 동시에 매우 현실적이고 더 나아가 풍자적인 특성까지 띤다.

「코」의 환상성과 그로테스크는 「광인의 수기」, 「외투」에서도 이어지지만 작품의 전반적인 분위기는 사뭇 달라진다. 「광인의 수기」의 주인공 포프리신은 작품의 시작부터 이미 정상이 아닌데, 왜냐하면 개들의 언어를 이해하기 때문이다. 그의 광기는 짝사랑 상대인 국장의 딸이 시종무관과 결혼한다는 소식에 더욱 심해지다가 자신을 스페인의 국왕과 동일시하는 지경에 이르고, 결국 정신병원에 수용된다. 비록 그의 광기가 시작되는 시점이 작품에 드러나 있지는 않지만, 그 상태가 악화되는 원인은 분명하다. 그것은 9등 문관이라는 현실에서의 직급이다. 낮은 관등은 국장의 딸을 향한 그의 욕망의 방해물이기에 그는 자신을 좌절시키는 낮은 관등을 부정하고 현실에서 도피하여 국왕이라는 타이틀을 찬탈한다. 포프리신의 욕망은 코발료프의 욕망과 유사하게 출세와 여성을 그 대상으로 하지만 후자와 비교할 때 결정적인 차이가 있다. 포프리신에게는 애초에 관등이나 출세, 명예에 대한 욕망이 없었다. '무엇 때문에, 왜 하필 나는 9등 문관인가'라는 포프리신의 질문은 시종무관과 자신의 유일한 차이가 '손으로 잡을 수 있는, 무언가 보이는 물건'이 아니라, 다름 아닌 추상적인 관등밖에 없다는 인식에서 나온 것이다. 관등이 인간을 규정하고 대표한다는 것을 깨달았을 때 포프리신의 광기는 극에 달하는 반면 코발료프는 페테르부르크 사회의 현실 법칙을 수용하면서 온갖 수를 써서 더 높은 관등을 얻으려 애쓴다.

「외투」의 주인공 아카키 아카키예비치는 관청에서 문서를 정서하고 필사하는 9등 문관이다. 그는 마치 기계나 꼭두각시처럼 관청과 집을 오가고, 다른 관리들의 무시와 박봉에도 불구하고 자신의 일에 만족과 애정, 행복감을 느낀다. 정서 외의 것들에 그 어떤 욕심이나 관심도 없었던 그를 불행으로 내몬 원인은 페테르부르크의 추위이다. 입던 외투가 실내 가운처럼 보일 정도로 다 해져서 도저히 겨울의 한파를 견딜 수 없었던 아카키 아카키예비치는 새 외투를 맞출 수밖에 없는 상황에 다다르고, 새 외투는 그의 새로운 욕망이자 행복의 대상이 된다. 그러나 새 외투를 입고 출근한 첫날 밤 외투를 강탈당하고, 강탈당한 외투를 좀 더 빨리 찾기 위해 찾아간 '중요 인사'에게서는 관료적인 절차를 무시했다며 기절할 정도로 심한 꾸지람을 듣는다. 넋을 잃고 집으로 돌아오는 길에 휘몰아친 한파로 인해 후두염에 걸린 아카키 아카키예비치는 병세가 악화되어 결국 사망하고 관청에서의 그의 자리는 금세 다른 관리로 대체된다. 이렇듯 페테르부르크의 혹한은 아카키 아카키예비치로 하여금 잠깐이나마 인생 최고의 행복이 되었던 새 외투를 마련하게 함과 동시에 그의 종말을 앞당기는 역할을 한다. 물론 관등, 관료제의 문제는 이 작품에서 다시 문제가 된다. 생전 자신의 낮은 관등으로 인해 온갖 모멸을 받았던 아카키 아카키예비치는 죽은 후 유령이 되어서야 자신이 받은 비인간적인 처사에 대응하고 복수한다. 지극히 사실주의적이고 자연주의적이기까지 한 「외투」가 환상 문학으로 들어가는 계기는 바로 죽은 아카키 아카키예비치가 유령이 되어 외투를 강탈해간다는 작품의 후반부에서 찾을 수 있다.

이렇듯 페테르부르크 이야기들에서 악은 내재화되고 현실과 환상의 경계는 불분명해진다. 배금주의와 물신주의, 출세 지향주의, 관료제가 지배하는, 겉보기에 아름다운 페테르부르크라는 공간. 악마적인 이 공간. 자연환경마저 인간에게 적대적인 이곳에서 인간적인 삶은 끊임없는 위협에 처한다. 하물며 하급 관리의 삶은 어떠한가. 코발료프처럼 악마적 가치를 체화하여 속물이 되지 않는다면 미치거나(포프리신) 죽는다(아카키 아카키예비치).

::

고골은 자신을 '그 누구도 풀 수 없는 수수께끼'로 여겼고, 그 자신의 말처럼 '가장 불가해한 러시아 작가들 중 하나'(베르쟈예프)로 평가되고 있다. 고골 창작에 대한 비평의 차원은 리얼리즘, 환상 문학, 형식주의, 심리주의, 종교비평에 이르기까지 광범위한데 작품에 대한 이런 다양하고도 탄력적인 이해들은 고골 작품의 난해함 뿐 아니라 작품의 확장성, 다층성 또한 의미한다. 고골의 작품들을 어떻게 읽고, 어떻게 이해할 것인가는 이제 21세기를 사는 한국 독자들의 몫이다. 모쪼록 독자들이 이 책을 읽으면서 잠시라도 독서의 즐거움을 느끼길 바란다.

니콜라이 고골 연보

1809. 4월 1일(구력 3월 20일) 우크라이나의 폴타바 주, 미르고로드 군의 벨리
키예 소로친치에서 출생. 아버지 바실리 아파나시예비치 고골은 대략
400명의 농노를 소유한 귀족 출신 소지주였음.

1821. 네진(우크라이나어로는 니진)시의 김나지움에 입학.

1825. 부친 사망. 고골의 첫 습작은 이 시기로 추정됨.

1828. 김나지움 졸업 후 페테르부르크로 떠남.

1829. 익명으로 시 「이탈리아」 발표. V. Alov란 필명으로 목가적 서사시 「한스 큐
헬가르텐」을 자비 출간. 비평가들의 비판과 조롱에 팔리지 않은 시집을
모아 소각함. 7월에 독일로 떠나 두 달가량 머물다가 9월에 귀국함. 이 해
말 내무성 관리로 취직.

1830. 지적측량부 하급 관리로 일함(1830년 4월~1831년 3월).

1831. 본명으로 첫 에세이 「여자」 출간. 관리직을 그만두고 여학교에서 역사를
가르침. 알렉산드르 푸시킨, 주콥스키를 알게 됨. 「지칸카 근교의 야화」 1
부(「소로친치 시장」, 「이반 쿠팔라 전야」, 「오월의 밤 또는 물에 빠져 죽은
처녀」, 「사라진 편지」 포함)를 출간하고 푸시킨의 칭송을 받음.

1832. 「지칸카 근교의 야화」 2부(「성탄절 전야」, 「무서운 복수」, 「이반 표도로비
치 시폰카와 그의 이모」, 「마법에 걸린 땅」 포함) 출간.

1832-3. 「미르고로드」에 포함될 작품 집필 시작.

1833. 「이반 이바노비치와 이반 니키포로비치가 싸운 이야기」 완성.

1834. 상트페테르부르크 대학에서 겸임교수의 직분으로 역사 강의 시작.

1835. 1월에 「아라베스크」(「넵스키 대로」, 「광인의 수기」, 「초상화」 포함)와 3월
에 「미르고로드」(「구시대 지주들」, 「타라스 불바」, 「비」, 「이반 이바노비치
와 이반 니키포로비치가 싸운 이야기」 포함) 출간. 「검찰관」의 아이디어
를 푸시킨으로부터 얻음.

1836. 「마차」와 「코」 발표, 4월 19일에 『검찰관』 초연. 독일, 스위스, 프랑스 등에서 머무름.

1837. 3월, 제2의 고향 로마에 도착. 로마와 바덴바덴에서 러시아 화가들과 교제.

1838. 로마에 정착하여 나폴리, 프랑스 등을 여행.

1839. 9월에 모스크바로 돌아옴. 외국 체류 기간 동안 쓴 『죽은 혼』 일부 낭송.

1840. 다시 외국으로 떠남. 오스트리아, 독일, 이탈리아를 여행. 로마에서 『죽은 혼』 1부 집필.

1841. 9월에 러시아로 돌아옴.

1842. 신작 「외투」와 대폭 수정한 「초상화」와 「타라스 불바」가 포함된 선집을 발간. 4권의 선집에는 희곡 「결혼」, 「도박꾼」도 포함됨. 『죽은 혼』 1부 출간. 다시 외국 여행을 떠나 겨울 동안 로마에서 체류.

1843-6. 외국 여행. 『죽은 혼』 2부 집필했다가 마음에 들지 않아 원고 소각.

1847. 『친구와의 서신 교환선』 발간. 『작가의 고백』 집필.

1848. 예루살렘 성지 순례, 오데사 여행 후 러시아로 돌아옴.

1849-51. 『죽은 혼』 2부 집필에 매진. 1850년 옵티나 푸스틴 수도원 방문, 1851년 투르게네프를 알게 됨.

1852. 2월 10-11일(구력) 밤 완성된 『죽은 혼』 2부 원고를 다시 소각. 2월 21일(그레고리력 3월 4일) 모스크바에서 사망, 다닐로프 수도원에 매장됨. 1931년 노보데비치 묘지에 이장됨.